Tim Cresswell

徐苔玲・王志弘 ◎ 譯

U0063426

地方
記憶、想像與認同

Place: a short introduction

地方：記憶、想像與認同

PLACE: A SHORT INTRODUCTION

國家圖書館出版品預行編目資料

地方：記憶、想像與認同
Tim Cresswell 著；徐苔玲、王志弘 譯.
一版‧— 台北市：群學，2006（民95）
參考書目：面
含索引
譯自：*Place: A Short Introduction*
ISBN　986-81076-3-6　（平裝）
1 文化地理學　2. 區域研究
541.39　　　　95001892

原　著 — Tim Cresswell
譯　者 — 徐苔玲、王志弘
總編輯 — 劉鈐佑
編　輯 — 李晏甄、李怡慧
發行人 — 劉鈐佑

封　面 — 井十二設計研究室
印　刷 — 權森印刷事業社

出　版 — 群學出版有限公司
地　址 — 台北市重慶南路一段61號7樓712室
電　話 — 02-2370-2123
傳　真 — 02-2370-2232
網　址 — http://www.socio.com.tw/
電　郵 — socialsp@seed.net.tw
信　箱 — 台北郵政 39-1195 號信箱
郵　撥 — 19269524‧群學出版有限公司

ISBN-986-81076-3-6
NT$250

一版三印 — 2006/12

「這真是一本絕妙好書。簡潔但不平庸或膚淺。深入而不晦澀。時新卻不忽視古典議題與爭論。本書有清楚的教學法，這往往是教科書所無，而且出自傑出地理學家之手，所以我預料本書絕對會大賣。」

Michael Brown, University of Washington

「地方觀念位居大多數重要地理學議題的核心，但地方往往也是個困難且爭議多端的概念。關於地方，沒有比 Cresswell 更權威的作者了，在此，他提出了多方面的淵博介紹……每位人文地理學子都該拜讀。」

Paul Cloke, Bristol University

地方是人文地理學最基本的概念之一。這本簡介結合了我們對地方一詞熟悉的日常使用，以及圍繞地方滋長的較複雜理論辯論。

本書使用新聞、流行文化和日常生活的實例，做為進入較抽象概念的方式，使學生明瞭各種論辯。本書追溯 1950 年代以來地方概念的發展，論及後續文化地理學對地方概念的挪用，以及地方與政治的關連。本書收錄了瑪西（Doreen Massey）與哈維（David Harvey）經典論文的重要部分做為討論焦點，作者也考察了於研究中運用地方概念的經驗事例。

教學輔助包含了附有註解的參考書目、重要閱讀材料與教科書清單、網路資源調查，並提出教學資源和學生研究計劃建議。

目錄............

地方............ *v*

英文叢書編輯序言

　　由頂尖學者撰寫的「地理學概說」（*Short Introductions to Geography*）是很容易親近閱讀的叢書，用意是向學生及其他感興趣的讀者，介紹關鍵的地理學概念。這套書不採取傳統分科的評論方式，而是嘗試解釋和探索核心的地理與空間概念。這些簡明的概論，傳達了知性的活力、紛然的觀點，以及圍繞著每個概念發展出來的關鍵辯論。我們也鼓勵讀者以新穎且批判的眼光，來思索地理研究的核心概念。這套書也能發揮活潑的教學功能，促使學生認識概念與經驗分析如何協同發展，並且彼此關連。同時，教師能夠確保學生具備了基本的概念參照點，然後以自己的例子與討論來補充說明。這套叢書簡潔標準的編排，讓教師可以在一門課裡綜合使用兩種或更多種教材，或者在講述不同分科的許多堂課裡，同時採用一本教材。

蓋若汀・普瑞特（Geraldine Pratt）

尼可拉斯・布隆里（Nicholas Blomley）

謝誌

多年來，我不斷與他人互動來思考與書寫地方。我學生時代有幸遇到幾位傑出的老師。包括傑克森（Peter Jackson）、柏吉斯（Jacquie Burgess）、寇斯葛洛夫（Denis Cosgrove）、段義孚（Yi-Fu Tuan）以及薩克（Robert Sack）。他們在不同方面激發了我，但願其中某些靈感已展現於本書。現在，我自己是個老師，我發覺自己日益受惠於學生，他們在令人意想不到的各方面，理解並支持各種觀念。這些學生繁不及載。我尤其感激布朗（Michael Brown）和詹寧斯（Carol Jennings），他們仔細閱讀原稿，並提供許多有用的建議。布朗是真正發明第四章裡「地方錯置」（anachorism）一詞的人。霍斯金斯（Gareth Hoskins）與瑪登（Jo Maddern）提供照片和進一步的靈感。感謝以下人士同意我重製版權資料。感謝瑪西（Doreen Massey）讓我重製她的〈全球地方感〉（Global Sense of Place）論文；感謝布雷克威爾出版社（Blackwell Publishing）同意使用摘錄哈維（David Harvey）的《正義、自然與差異地理》（*Justice, Nature and the Geography of Difference*）；感謝皇家地理學會（The Royal Geographical Society）同意摘錄梅

伊（Jon May）的〈全球化與地方政治〉（Globalisation and the Politics of Place）。最後，多謝普瑞特（Gerry Pratt）和布隆里（Nicholas Blomley）邀請我寫這本書，感謝布雷克威爾出版社的好心人，特別是柯罕（Angela Cohen）一路上的鼎力相助。

1

導論：定義地方

人文地理學就是地方的研究。它當然也是許多其他事物，但是在直覺上，它是一門以地方爲主要研究對象之一的學科。修習地理學位和課程的學生，往往會對世界上不同的地方感興趣。儘管對地方研究有普遍熱忱，但是對「地方」一詞意指爲何，卻沒有什麼深思熟慮的理解。無論就理論和哲學而言，或是對修習大學地理課程的新生來說，都是如此。地方是個看似不證自明的字眼。*Self-evident*

地方的流行普及是地理學的機會。但這也是個問題，*Self-evidence* 因爲當大家談論地方時，沒有人確實明白他們到底在說什麼。地方並不是專門的學術用語，而是我們英語世界中日

常使用的字眼。它是個包裹於常識裡的字眼。就某種意義來說，由於地方眾所周知，這使它較易理解。然而，就另一種意義而言，地方做爲一本書的主題，這種特性卻使它難以掌握。因爲我們已經認爲我們知道它的意義是什麼，這使得我們很難超越常識層面，以比較成熟的方式來理解它。於是，地方既簡單（這是地方的部份吸引力）又複雜。仔細審視地方概念，以及它在地理學和日常生活中佔據的中心位置，就是本書的目的。

想想地方在日常言談裡的使用方式。「你想不想順道來我的地方（my place）？」這暗示了所有權，或是一個人和特定區位（location）或建築物的某種關連。這也讓人聯想到隱私和歸屬的觀念。「我的地方」不是「你的地方」——我和你有不同的寓所。「布里斯班（Brisbane）是個好地方」。在這裡，「地方」以一種常識性的方式指涉了一座城市，而它是好地方的事實，則多少是指地方看起來的樣子，以及它有可能成爲的模樣。「她使我安於本分」（She put me in my place），比較是指社會階層地位的意義。另一個知名的成語，「萬物之所，各安其位」（A place for everything and everything in its place）意指在具有社會—地理基礎的世界上，事物有其特殊秩序。地方無所不在。這種特質使得地方有別於地理學中自稱爲專門術語的其他詞彙，例如「領域」（territory），或是並未普及於我們日常遭

遇中的「地景」（landscape）一詞。那麼，「地方」到底是
指什麼？

回想你初次搬進一個特殊空間，有個不錯的例子是大
學宿舍房間。你遭逢特殊的樓層空間和某種氛圍。在那個
房間裡，或許有些基本家具，例如一張床、書桌、抽屜和
櫥櫃。這些家具是所有宿舍房間的共通設備。對你而言，
它們並不獨特，除了提供你學生生活的某些必需品外，不
具任何意義。但即使是這些最起碼的必需品，也有歷史。
仔細審視，或許會顯露前任所有人於無所事事的空堂時
刻，在桌上刻寫她的姓名。你注意到地毯上的一處污跡，
是某人曾經濺出些許咖啡的地方。牆上有些油漆不見了。
或許有人曾經用油灰貼海報。這些就是難以驅除的昔日居
住遺跡。這個匿名空間有個歷史——這對其他人意義非
凡。現在，你該怎麼做？常見的策略是利用空間來彰顯你
的某些特點。增添你的財物、在空間範圍裡重新安排家
具、在牆上張貼你自己的海報、特意在桌上擺放一些書。
這麼一來，空間就變成了地方。你的地方。

北緯 40.46 度、西經 73.58 度，對大多數人而言，沒啥
意義。某些擁有扎實地球知識的人，或許可以告訴你這意
味了什麼，但是對我們大多數人來說，這些只是表明區位
（一個毫無意義的位址〔site〕）的數字。這個座標標誌了紐
約市的位置——曼哈頓中央公園南方某處。紐約或曼哈頓

都是富含意義的地名。我們也許會想到摩天大樓、911事件、購物，或是相關的電影場景。以名稱來取代一連串數字，意味了我們開始接近「地方」。如果我們聽說兩架飛機飛進北緯 40.46 度、西經 73.58 度，跟我們得知它們飛進紐約、曼哈頓、雙子星大樓，衝擊程度應該很不一樣。巡弋飛彈是以區位和空間座標來設定程式。如果可以用「地方」及其含蘊的各種理解來替巡弋飛彈設定程式，那它們或許會決定導向沙漠。

3　　靠近曼哈頓南方尖端和市中心東區，是以下東區（Lower East Side）聞名的區域（地方）。這是個以接踵而至的移民群體（愛爾蘭人、猶太人、德國人、義大利人、東歐人、海地人、波多黎各人、中國人）聞名的區域。這個地方位於聲名狼藉的五角區（Five Corners）（電影《紐約黑幫》〔*The Gangs of New York*, 2002〕的場景）北邊不遠。休斯頓街（Houston Street）以南是廉價出租公寓街區密佈的地方，昔日這些建築物的小房間裡擠滿了大家庭。移民引發的一連串道德恐慌，都集中在這個地方。它也曾是政治暴動和警察鎮暴的地方。這個地方的中央是湯普金斯廣場公園（Tompkins Square Park）──城市裡的一小塊自然地帶，專為大都會生活的嘈雜喧囂提供一處寧靜場所而建。公園建於 1830 年代，以美國副總統丹尼爾·湯普金斯（Daniel Tompkins）的姓來命名。後來，這個公園除了是兒

童遊樂和宣傳戒酒的地方，也成為工會和無政府主義者示威的所在。 1960 年代以前，這裡是放蕩不羈的反文化者（bohemian counter-cultures）、佔據空屋居住者（squatter）和藝術家主導的下東區中心，到了 1980 年代，這裡又變得高尚而體面，是新文化菁英品味城市生活的地方。不消說，房地產價格意味了這些房屋現在不是大多數人買得起的。遊民開始在公園裡睡覺。某些新進的高尚體面居民害怕這種情況，因而支持警察驅逐遊民的行動。 1986 年，這座公園再度成為示威和暴動的位址。 1960 年代以降，居民就忙著在公園周邊空地建造八十四座社區花園。朱利安尼（Giuliani）市長於 1997 年將花園的職掌從城市公園局轉移到住宅、保存與發展局，目的在出售這些花園以謀求發展。 1997 年七月，前四座公園連同當地社區中心一起被拍賣掉。 1999 年五月，貝蒂米勒紐約重建基金（Bette Midler's New York Restoration Fund）和公有土地信託（Trust for Public Land），以合計四百廿萬元的總價，買下遍及紐約各地的 114 座社區花園，才讓花園免遭發展迫害。然而，私有化政策依舊，花園還是繼續遭到拆除。

如果你造訪現在的下東區，你可以在別出心裁或平凡無奇的餐廳、酒吧和咖啡館用餐，到精品店購物，欣賞赤褐色砂岩建築（brownstone architecture）。你可以信步穿越湯普金斯廣場公園（Tombkins Square Park），參觀殘餘的社區

4

圖 **1.1** 一張貼在曼哈頓下東區社區花園圍籬上的傳單，呼籲拯救花園免遭市政府拆除（照片由作者拍攝）。

圖 **1.2** 紐約遭市政府拆除的花園之一是 Esperanza。民眾在這個自行創造的地方投注了許多心力，對於毀壞花園的憤怒是可以理解的（照片由作者拍攝）。

花園。橫越休斯頓街往南走，你可以造訪位於老舊建築物裡的下東區出租公寓博物館（Lower East Side Tenement Museum），這些老房屋以前供新移民居住。換言之，你可以看到許多「地方」的表現形式。博物館是個創造不遺忘移民經驗的「記憶之地」的嘗試。花園是移民和其他人為了讓社區享受自然樂趣，努力從曼哈頓的一小塊地開拓出地方的成果。某些社區花園（通常是最早被夷平的花園）是棚屋（Casitas 波多黎各社區為了複製類似「家園」的建築物而造的小房子）的所在地。這些社區花園懸掛波多黎各國旗和別處的其他象徵。老人坐在戶外曬太陽、看棒球。社區集會在這些八呎寬十呎長的建築物週邊舉行。如都市史學家海登（Delores Hayden）所述，它們是：

> 社區組織者的刻意選擇，在破敗的出租公寓區，諸如下哈林區（Lower Harlem）、南布朗克斯（South Bronx）以及下東區（Lower East Side）……將來自島嶼的鄉村、前工業茅屋（bohio）……建構成新穎的社區中心。對於置身阿法貝塔城（Alphabet City）或西班牙哈林區（Spanish Harlem）的移民而言，漆上珊瑚紅、天空藍或淡黃色的住宅，讓人回想起加勒比海的膚色，並喚起對祖國的記憶（Hayden, 1995: 35-6）。

其他不是由波多黎各移民栽種的花園，複製了英國花

園的某些理想，較具田園風味。還有其他則是野生自然保
護區，保留供當地學校生物與生態課程之用。這一切都是
持續不歇且紛雜多樣的地方創造的實例，它們是城市歷史
與認同的位址。

回到湯普金斯廣場公園，遊民想要有即使只是最窄小、
很不安全的「過夜處所」，某些當地居民則希望保有他們認
爲迷人且安全的居住和養育子女（不包括遊民在內）的地
方，雙方的需求之間仍有緊張關係。地方再次受到塑造、維
繫和競逐。紐約與曼哈頓是地方。下東區是地方。出租公寓
博物館（Tenement Museum）、社區花園和湯普金斯廣場公園，
都是塑造地方豐富織錦的一部份，構築了北緯 40.46 度、西
經 73.58 度及週邊區域。縱貫全書，我們會經常回到下東
區，據以闡述地理學裡使用「地方」的許多面向。

世界各地，人們都投身於建造地方的活動。屋主重新裝
潢、擴增建物、修剪草坪。鄰里組織施壓要求居民整理庭
院；市政府立法保障新公共建築物表現獨特的地方精神。國
族透過郵票、貨幣、國會建築、國家體育場、旅遊指南等，
向世界其餘地方表明自身。國族國家內部的受壓迫群體，試
圖宣稱他們自己的認同。正如新生爬上床在牆上貼海報，科
索沃的穆斯林（Kosovan Muslim）也懸掛新國旗、豎立新紀
念碑，並且重繪地圖。塗鴉藝術家在城市牆上，以流暢的書
寫體留下他們的名號（tag）。這也是他們的地方。

6

圖 1.3 下東區社區花園裡田園風味的一景——城市裡的自然之地？（照片由作者拍攝）

圖 1.4 社區花園裡的棚屋。注意懸掛門廊的波多黎各國旗和牆上的面具。遷入紐約市的波多黎各群體把這些東西放在社區花園，重新創造某些屬於他們家鄉的東西——好讓他們自己「像在家裡一樣」（照片由作者拍攝）。

　　那麼，是什麼結合了以下這些例子：兒童房、都市花園、市集城鎮（market town）、紐約市、科索沃（Kosovo），以及地球？是什麼使它們成為地方，而不單單是房間、花園、城鎮、世界城市、新興國家和有居民的星球？有個答案是，它們都是人類創造的有意義空間。它們都是人以某種方式而依附其中的空間。這是最直接且常見的地方定義──有意義的區位（a meaningful location）。

　　政治地理學家阿格紐（John Agnew, 1987）勾勒出地方做為「有意義區位」的三個基本面向。

1. 區位。
2. 場所（locale）。
3. 地方感。

　　或許最顯而易見的一點是，前述提到的一切地方，都有其位置。它們已將客觀座標固定於地球表面（就地球這個案例而言，是相對於其他星球和太陽的特殊區位）。紐約在「這裡」，科索沃在「那裡」。如果有適當的比例尺，我們就可以在地圖上找到它們。地方一詞在日常用語中經常用來單純指涉區位。例如，我們把地方當動詞用時（我應該把這個東西放在哪裡？），我們通常是指某種區位觀念──「哪裡」的單純意思。但是，地方不總是固定不變。例如一艘船，或許會成為長途航行者共享的特殊地方類型，即使船的區位不斷改變。阿格紐以「場所」來指社會

關係的物質環境——那是眞實的地方樣貌，置身其中的人，以個人、男人或女人、白人或黑人、異性戀或同性戀的身分來生活。很明顯的，地方幾乎總是有具體形式。紐約聚集了大樓、道路和公共空間，包括本身就是有形物質的社區花園——由植物與雕像，以及周圍有籬笆環繞的小屋和房舍組成。兒童房有四面牆、一扇窗、一道門和一個衣櫥。這麼說來，地方是物質性的事物。即使是想像的地方，像是哈利波特（*Harry Potter*）小說裡的霍格華茲學院（Hogwart School），也有使小說得以展開的房間、樓梯和隧道等想像的實體。除了有其定位，並具有物質視覺形式外，地方還必須與人，以及人類製造和消費意義的能力有某些關係。阿格紐所謂的「地方感」，是指人類對於地方有主觀和情感上的依附。小說與電影（至少那些成功的作品）時常喚起地方感——我們讀者／觀眾知道「置身那兒」是怎樣的一種感覺。我們經常對我們的住處，或我們小時候住過的地方有種地方感。這就是作家李帕德（Lucy Lippard）所謂的《地域的誘惑》（*The Lure of the Local,* Lippard, 1997）。隨著全球化勢力侵蝕地方文化，產生均質的全球空間，而哀嘆地方感的喪失，這在二十一世紀西方社會裡是司空見慣的事。我們將在第二章回到「無地方性」（placelessness）的議題。

8

　　阿格紐的三分式地方定義，確實解釋了大多數地方事例。不過，這也有助於以不同於人文地理學裡其他兩個類

似概念（「空間」和「地景」，它們有時候會以「地方」這個詞來替代）的方式來思考地方。

空間與地方

我的週日報紙上，有篇大型家具商場廣告，指出要「將空間改造成地方」。這種廣告的製作不可能仰賴對人文地理學發展的深入理解，但它卻提到了這個學科發展的一項核心論題。這則廣告暗示，我們或許會想藉由安排佈置房間的家具，讓房間在實際和體驗上都舒適宜人，來使我們新近購買或承租的房間，對我們產生意義。人文地理學家不太可能同意僅僅購買家具就能扮演這種改造功能，但他們會認可這種意圖。

空間是個比地方更抽象的概念。當我們談到空間，我們容易想到外太空或幾何空間。空間有面積和體積。地方之間有空間。段義孚（Yi-Fu Tuan）曾經連結了空間與移動，地方與暫停（沿途的停靠站）。

> 隨著我們越來越認識空間，並賦予它價值，一開始渾沌不分的空間就變成了地方……。「空間」與「地方」的觀念在定義時需要彼此。我們可以由地方的安全和穩定得知空間的開放、自由和威脅，反之亦然。此外，如果我們將空間視為允許移動，那麼地方就是暫停；移動中的

每個暫停，使得區位有可能轉變成地方（Tuan, 1997: 6）。

　　想想西雅圖和溫哥華沿岸，海洋與陸地之間的關係。旅遊作家雷班（Jonathan Raban）在他的《航向朱諾》（*Passage to Juneau*, 1999）（譯按：朱諾是美國阿拉斯加州首府）中，敘述他乘船沿岸航行的旅程。順著他的旅遊敘事，他講述了 1792 年探險家溫哥華船長（Captain Vancouver）率領英國皇家海軍發現號（HMS Discovery）的航行。溫哥華的任務是繪製海岸地圖，並命名他所到之處，使其成為帝國屬地。命名是賦予空間意義，使之成為地方的方式之一。溫哥華的日誌記述了原住民在周圍海域上，乘著獨木舟從事表面上看似毫無意義的移動。原住民不是採取由甲地到乙地的直線，而是取道沒有明顯邏輯的複雜路徑。但是對駕獨木舟的原住民來說，他們的移動有十足的道理，因為他們認為海洋是跟特殊精神和危險有關的一組地方。殖民者望著海洋，看見單調空蕩的空間，原住民卻看見了地方。

> 兩種世界觀彼此衝突；白人對這些獨木舟旅行的描述貧乏，反映出殖民者對原住民海洋的無知。他們搞不懂——無法理解實情，對印第安人而言，水域是個地方，大多數陸地則是沒有明顯特徵的空間。
> 　白人進入了一個鏡中世界，他們自己最基本的語彙

9

都被翻轉過來。他們的全部焦點都指向陸地：天然港灣、林地、適合定居和農耕的地點。他們裝備了心靈鏈鋸到處旅行，約略瀏覽後，就能剝奪山丘上覆蓋的森林……並展望籬笆、牧場、房舍、教堂的未來。他們將海洋視爲通往極其重要的陸地的媒介。

　　在那個段落中以「海洋」代替「陸地」，反過來也以「陸地」代替「海洋」，那麼我們就很接近自印第安故事中浮現的世界，在那裡，森林是危險、黑暗、放逐、孤寂，以及自我滅絕的領域，海洋及海灘則代表了安全、光明、家庭、社會和生命的延續（Raban, 1999: 103）。

　　雷班敘述了德國地理學家克魯斯（Aurel Krause）於1881年任職布瑞曼地理學社（Breman Geographical Society）時，造訪該地的情形。克魯斯當時深感詫異，因爲他認爲當地的特領吉族印第安人（Tlingits）對自己置身世界的地方毫無所知，對他來說，這個地方是由原住民棲居的海濱小塊狹長陸地背後、高聳的巨大山脈主導。

　　儘管特領吉族印第安人一直受大自然環繞，但他對大自然的認識僅止於自然提供了生活必需品。他認識每個適合捕魚的海灣，或是供獨木舟停泊的海濱……而且他都加以命名；不過，他幾乎不會注意到山峰，儘管山峰本身的外形和大小非常突出（Raban, 1999: 106）。

特領吉族印第安人替海洋取了許多名字，但是陸地卻沒有名稱，似乎是隱形的。探險家認爲，海洋是空無一物的空間，陸地則充滿了有待描繪與命名的潛在地方，但這卻是特領吉族印第安人「地方感」的鏡像。

空間因而有別於地方，被視爲缺乏意義的領域 —— 是「生活事實」，跟時間一樣，構成人類生活的基本座標。當人將意義投注於局部空間，然後以某種方式（命名是一種方式）依附其上，空間就成了地方。雖然從 1970 年代以來，這個基本的空間與地方二元論，出現在大多數人文地理學裡，但它有點受到在很多方面都跟地方扮演相同角色的社會空間（social space）（或社會生產的空間）觀念混淆（Lefebvre, 1991 ； Smith, 1991）。

地方與地景

地理文本中，經常伴隨地方出現的另一個概念是地景（landscape ；另可譯爲景觀）。地景觀念有一段很特別的歷史，始於文藝復興時期威尼斯和法蘭德斯（Flanders）商業主義資本主義的出現。地景繪畫隨著「光學」科學的重新發現、新航海技術，以及新興商人階級的發展而誕生。地景是指我們可以從某個地點觀看的局部地球表面（參見Cosgrove, 1984 ； Jackson, 1997）。地景結合了局部陸地的有

形地勢（可以觀看的事物）和視野觀念（觀看的方式）。地
景是個強烈的視覺觀念。在大部分地景定義中，觀者位居
地景之外。這就是它不同於地方的首要之處。地方多半是
觀者必須置身其中。舉個文學的實例，再度可以說明這
一點。

　　在威廉斯（Raymond Williams, 1960）的小說《邊界國
度》（*Border Country*）裡，普萊斯（Matthew Price）在英格
蘭的大學度過許多年以後，回到他在威爾斯邊界的童年地
方。一到了那裡，就對見到的情景感到詫異。他已經忘了
使這裡成為「地方」的生活特質，而在心裡以「地景」取
而代之。下述引文針對做為「地景」的村莊，以及做為生
活其間並有所感覺的「地方」的村莊，檢視這兩種觀點的
差距。由於普萊斯認識到他在自己的村莊裡，已經變成一
名外來者，他反思自己觀點的改變：

> 他看著這些他離開之後產生的事物而有所體悟。人們接
> 受了做為地景的山谷，但它的運作卻遭人遺忘。訪客見
> 到了美景，居民見到的是他工作與交友的地方。他閉上
> 雙眼，在遙遠的地方曾經見過這個山谷，但卻是以訪客
> 的眼光、以旅行指南的眼光來看（Williams, 1960: 75）。

　　後來在小說裡，普萊斯回頭融入了村莊的日常事務，
「它不再是地景或景觀，而是為人們所用的村莊」。山谷又

再度成爲地方，不再是山丘上的景觀。地景指涉一塊土地
的形狀（有形的地勢）。這可能是看似自然（雖然即使有的
話，也已經極少有地球表面未見人蹤）的地景，或是顯然
爲人類或文化的城市地景。我們不住在地景裡──我們觀
看地景。

地方做爲一種認識方式

本書有個重要主題，地方不僅是世間事物，還是認識
世界的一種方式。我們對地方爲何物抱持著常識性的見
解，但如果予以批判反思，這些觀點往往變得模糊不清。
我們常常用地方來指稱某個很小規模的事物，但又不是太
小。我們很容易指稱鄰里、村莊、城鎮和城市是地方，它
們是最常出現在地方書寫中的地方類型。在某個極端，將
鍾愛的房間一角視同地方的書寫很少，在另一個極端，將
全球當成地方的寫作也極少。然而，如段義孚指出的，這
一切事物裡多少都有地方的成分。所以，結果是，做爲
「事物」的地方含糊不清，難以捉摸。

不過，地方也是一種觀看、認識和理解世界的方式。
我們把世界視爲含括各種地方的世界時，就會看見不同的
事物。我們看見人與地方之間的情感依附和關連。我們看
見意義和經驗的世界。有時候，這種觀看方式似乎是抗拒

世界理性化的行動，而世界理性化正是重視空間甚於地方
的觀看方式。將世界上某個地區視爲人與環境（做爲地方）
豐富且複雜的相互影響，使我們免於將它設想爲事實和數
字。把巴格達（Baghdad）當做地方，就是置身不同於將它
視爲丟擲炸彈的區位的世界。然而，其他時候透過地方的
透鏡看世界，卻導致反動和排他的仇外情緒、種族主義和
頑固偏執。「我們的地方」遭受威脅，就有必要將其他人
排除在外。這裡，「地方」不單是指世間事物的特性，還
是我們選擇思考地方的方式的面向 —— 我們決定強調什
麼，決意貶抑什麼。正如本書討論了做爲世間事物的地
方，本書也探究做爲一種認識方式的地方。一如這是本有
關存有論的書，它也跟認識論息息相關。

本書其餘章節

　　空間、地景和地方顯然是高度相關的詞彙，而且每個
定義都有很多爭議。例如，法國都市理論家列斐伏爾
（Henri Lefebvre）提出一種比較精密的空間解釋，他區分了
比較抽象的空間（絕對空間），以及生活和有意義的空間
（社會空間）（Lefebvre, 1991）。社會空間顯然很接近地方的
定義。我們在下一章探討地理學裡地方的知識軌跡時，會
回到這種辯論。目前只能說，大部分的地方書寫都把重點

放在意義和經驗上。地方是我們使世界變得有意義，以及
我們經驗世界的方式。基本上，地方是在權力脈絡中被賦
予意義的空間。賦予空間意義的過程，發生於全球各種尺
度，並且完成於所有人類歷史階段。理解地方是人文地理學的
一項核心要務。

　　這篇導論提出了何謂地方的某些暫時性概要。但這只
是個起點。如果有那麼簡單的話，我現在就可以停筆了。
事實上，地方是個爭議多端的概念，「地方」到底意味什
麼，不僅是幾十年來人文地理學爭論的主題，也是哲學、
規劃、建築，以及任何其他學科的主題。對於規劃領域的
某些人而言，地方指的是營造環境。生態學家認為地方是
根植於特殊生態的生物區域（bioregion）。哲學家認為地方
是在世存有（being-in-the-world）的方式。本書其餘章節針
對地方的意義，以及地理學家和其他人一直以來如何使用
這個概念，從事了廣泛的探查。

　　為此，本書其餘部分的組織如下。第二章追溯大約從
1950 年代起，地方概念的發展。這顯示了地方如何主要經
由人文主義地理學家（humanistic geographer）（Relph,
1976 ; Tuan, 1974a）的努力，在 1970 年代末期和 1980 年
代初期，成為北美地理學的核心術語，並且回溯這種努力
的根源到意義哲學，尤其是海德格（Heidegger）和梅洛龐
蒂（Merleau-Ponty）的哲學。這一章也追溯文化地理學如

13　何挪用地方這個術語，以及地方與政治的連結，還有誰能
夠界定地方意義的爭論（Cresswell, 1996）。第二章最後則檢
視地方旅程的晚近發展，譬如因「時空壓縮」（time-space
compression）效應而日增的無地方性（placelessness）的觀念
（Harvey, 1989； Augé, 1995）、瑪西（Doreen Massey）的
「進步的地方感」（progressive sense of place）概念、凱西
（Edward Casey）所振興的地方現象學觀點，以及相關的
「非再現性理論」（non-representational theory）和將地方視爲
實踐的觀點的浮現（Thrift, 1997； Casey, 1998）。

　　第三章則是針對瑪西的〈全球地方感〉（A Global Sense
of Place, Massey, 1997）的批判性評價。瑪西的論文已被廣泛
引述，該文呼籲將地方視爲重新概念化爲開放而混種
（hybrid）──相互連結的流動的產物──是路徑（routes）
而非根源（roots）。這種外向的地方觀點，質疑了地方做爲
關聯於根深柢固且「眞實」（authentic）之認同感的意義核
心，不斷遭受移動性（mobility）挑戰的整個地方歷史。對
於地方由於全球化和時空壓縮而遭受侵蝕的流行觀念，她
也有所批判。這一章對照了她的論文（幾乎是全文）和哈
維（David Harvey）以迥異觀點處理類似議題的文章
（Harvey, 1996），以及梅伊（Jon May）的一篇動用這種種理
解來細緻研究特殊地方的論文（May, 1996）。

　　第四章考察研究如何運用地方概念的經驗事例。第一
組例子事關人們創造地方的方式。這包括了面臨全球過程

與移動的勢力時，利用地方來宣稱認同。我們也在像博物館這種傳承地方的生產中，遭逢記憶與地方交錯的方式，以及如何創造地方的特殊願景，使人安居於斯。不過，地方不只是小巧且地域性的。區域和國族也是地方，有些地理學家以較大的尺度來檢視地方的生產。這些事例透露了，地方概念在當代世界極度分歧的脈絡中，如何仍有其重要地位。第二組事例牽涉了使用適當的地方概念，來建構規範性的「道德地理」（moral geographies），將特殊類型的人與實踐描繪於特殊地方。在此，我引述了我自己在《安適其位／不得其所》（*In Place/Out of Place*, 1996）裡探討逾越（transgression）的篇章，還有針對遊民和難民這類「無所之人」（people without place），以及探討令男同性戀、女同性戀和雙性戀者感到「不得其所」的因素的研究。這項研究顯示了，地方如何被用來建構有關誰和什麼東西屬於何處與何時的觀念，以及用於建構什麼被視為「偏差」且外在於「正常」社會。雖然這兩組事例都涉及地方、認同與權力之間的關連，但它們以截然不同的方式及迥異的政治觀點來運用地方。

最後，我在第五章提出附加註解的參考文獻，以及重要讀物和文本清單，檢視了網路資源、教學資源和可能的學生研究計劃。

14

2

地方的系譜
genealogy

　　地方一向是人文地理學的核心，而且至少從第一世紀 [15]
以來，就是探查的對象。地理學史將地表各地域之間的常
識性經驗差異，當成它的主要對象。如同騷爾（Carl Sauer）
在他頗具影響力的論文〈地景形態學〉（The Morphology of
Landscape）中所寫的，「地理學的事實就是地方事實」
（Sauer and Leighly, 1963: 321）。或者，如哈茲宏（Richard
Hartshorne）在《地理學性質的觀點》（*Perspectives on the
Nature of Geography*）裡寫道，「地理學想要分析的就是隨著
地方而變的整合」（Hartshorne, 1959: 159）。四分之一個世
紀後，普瑞德（Allan Pred）聲稱，「無論如何武斷地定

義，定居的地方與區域都是人文地理學探索的核心」（Pred, 1984: 279）。這三位地理學家意見一致的部分或許不多，但他們可能都同意，地方在地理學主題上的重要性。

「地方」一詞掩飾了許多差異。有關地方的系譜，令人疑惑的一點是，地方既代表一個對象（地理學家和其他人觀看、研究，並加以書寫的事物），又代表了一種觀看方式。認為世界是一組彼此有別的地方，既是界定存在事物的舉動（存有論），也是觀看和認識世界的特殊方式（認識論和形而上學）。理論乃是觀看世界，並且理解感官困惑的方式。不同的地方理論，引領不同作者看到了世界的不同面向。換言之，地方不單只是有待觀察、研究和書寫的事物，地方本身就是我們觀看、研究和書寫方式的一環。在這一章裡，我們將檢視地理學家和哲學家如何嘗試說明地方是一種存在方式。在這裡，地方徹底是形上學的，遠離了地方之間的簡單區分。

本章用意在於概述地理學史中，地理學家（以及經過挑選的其他人）針對地方所採取的研究取向。在許多其他學科和各行各業裡，也討論並且使用地方。建築師和都市規劃師試圖召喚地方感，生態學家和綠色行動分子談論他們稱為「生物區域」（bioregions）的生態地方，藝術家與作家嘗試在作品裡重組地方。由於這是一篇「簡介」，沒有探查所有文獻的餘地。地方的系譜延伸超越了人文地理學，

但是在這裡我們還是緊貼著地理學。最後一章會納入某些來自他處的閱讀材料和資料。本章大致上是依照時間順序安排，產生一種觀念的歷史進展感受。然而，到最後會有很多相互競逐的地方定義和取向同時並存。不過，起點是區域地理學（regional geography）。

區域地理學

騷爾、哈茲宏和普瑞德都同意，地方是地理學的核心，這反映了認爲地理學表現了人類對於地表各部分差異的好奇心的常識性看法。這也反映了地理學者多半將重點放在描述「區域」上的地理學史。 1960 年代以前的人文地理學，大體上致力於地球表面區域之間差異的詳細說明和描述。「區域地理學」乃是**獨有特殊的**（idiographic），意思是說它沉迷於個別特色。美國南方何以有別於北方？英格蘭可以辨識出多少個區域？這裡的核心字眼是區域而非地方。區域地理學家特有的操作模式，是非常詳細地描述地方／區域，以岩床、土壤類型和氣候開頭，以「文化」結尾。花費大量時間區辨一個特定區域及其週邊的其他區域（換言之，就是在劃定疆界）。有些地理學家稱這種做法是「生物地理學」（chorology），是「年代學」（chronology）的空間版本。不過，年代學涉及了時間研究，生物地理學

則是有關區域／地方的研究。生物地理學的起源可以溯及
希臘地理學家史特雷波（Strabo）（西元一世紀），他認爲生
物地理學是有關地球各處的描述。哈茲宏曾經提出視地理
學爲生物地理學的論點（Hartshorne, 1939）。

17　　　人文地理學裡有影響力的傳統之一，乃是與十九世紀
末廿世紀初的韋大樂・德・拉・白蘭士（Vidal de la Blache）
有關的法國人文地理學（la géographie humaine）傳統。雖然
地方一詞並非法國傳統人文地理學的主要對象，但它將重
點放在特殊區域的**生活方式**（genre de vie），產生了善於掌
握法國特殊區域中自然與文化世界之複雜互動的卓越研
究。人文地理學以後來啓發了人文主義地理學者的方式，
成功強調特殊地方的獨特性（Buttimer, 1971 ; Ley, 1977）。

　　　早期美國文化地理學家對文化地景的描述性研究裡，
也使用「區域」一詞。在聞名且頗具影響力的教科書《文
化地理學讀本》（*Readings in Cultural Geography*, Wagner and
Mikesell, 1962）中，編輯提出了他們認定的美國 1962 年文
化地理學的主要論題。書中主要人物是騷爾，他就像白蘭
士一樣，反對環境決定論者過分簡化的決定論，例如珊普
（Ellen Semple）與杭亭頓（Ellsworth Huntingdon）主張人類
聚落（文化）的特色，多半是對環境必然性的回應。換言
之，環境決定了社會與文化。騷爾及其追隨者宣稱，文化
在改變自然環境上非常重要，而不認爲文化受到自然環境

的決定。在白蘭士和騷爾的著作裡，都賦予文化解釋的力量。文化不再僅僅是自然力量的結果。華格納與麥可塞爾（Wagner and Mikesell）認為，文化地理學的核心主題是文化、文化區（cultural area）、文化地景、文化歷史和文化生態。他們主張，文化仰賴地理基礎，因為「那些佔有共同地區的人群間才可能產生慣常而共享的溝通」（Wagner and Mikesell, 1962: 3）。因此，文化地理學奠基於「文化區」（這些文化溝通的空間）的排比和分類，以及分析文化群體影響和改變其自然棲地的方式。「地方」在這裡再度不是核心概念。但是，強調共享的文化空間，則暗示了意義和實踐於既定區位裡的重要性。

　　區域地理學是廿世紀前半葉，在英國從事地理研究的主要方式。各種研究取向，從賀伯森（Herbertson）嘗試說明獨特的區域如何源自自然環境的變異（Herbertson, 1905），到佛呂爾（Fleure）同樣雄心勃勃的，描述由居民的人類學特徵來界定的「人類區域」的企圖（Fleure, 1919〔1996〕）。每一種方式的焦點都在於，區別一個清楚界定的區域（地方）與其緊鄰的區域，並且解釋定義的邏輯。賀伯森希望以自然來解說邏輯，佛呂爾則仰賴人類特徵。

　　區域之為地方的重要性，依然是地理學家關切的主題。近年來，地理學家探討了透過正式與非正式政治活動來刻意製造區域，以便在區域尺度上制度化有關政府和治

18

理之特殊觀念的方式。在這裡，重點比較是生產出區域，
而非找尋既存的區域（MacLeod and Jones, 2001 ； Paasi,
2002）。安崔金（Nick Entrikin, 1985, 1991）提出了不同論
點，他追溯了北美某些思想流派，它們認定民主的穩定乃
根基於對地方與在地社區的依附。這種「地域主義」
（sectionalism）希望能夠舒緩「大眾社會」。文化地理學的
前輩騷爾，在面對現代工業主義、捍衛傳統生活方式時，
抱持的顯然正是這種觀點。騷爾認為，具有生態意識的自
然主義哲學指出了生活形式的逐漸多樣化，每個社區因而
變得越來越可以相互區別。危及區域和以地方為基礎之特
質的那些人類生活與文化活動及形式，因此是一大威脅。
安崔金在書中結語裡指出，科學地理學（以及抽象空間的
迷人魅力）減少了個別特色的重要性，有必要藉由對地方
的敘事理解來恢復獨特性。

發現地方：人文主義地理學

有鑑於這段歷史，以及騷爾與哈茲宏等人的評論，那
麼就像瑞爾夫（Relph）在 1976 年的《地方與無地方性》
（*Place and Placelessness*）裡的評論所說的，令人驚訝的是，
實際上去定義地方，並且區辨地方及其姊妹概念區域和地
區的努力，竟然如此微弱。地方主要還是一個常識性概

念。或許，1960 年代最堅決嘗試處理地方概念的企圖，是
魯克曼（Fred Lukerman）的努力。魯克曼呼應騷爾和哈茲
宏的早期評論，主張「地理學是有關存在於地方裡的世界
知識」（Lukerman, 1964: 167）。魯克曼認為，地方是在特定
區位發展的自然與文化的整合，藉由貨物和人員的移動，
而與其他地方連結。這種對地方的理解意味深長，但也難
以捉摸。「文化」與「自然」這種字眼，誠如威廉斯
（Raymond Williams）提醒過的，是英語最複雜字眼裡的兩
個，每個都有許多可能的意義（Williams, 1985）。這種定義
幾乎不能適用於兒童房角落。同時，地方跟地區、地域
（locality）或領域（territory）之間可能有什麼差異，也依然
不甚明朗。

　　撇開魯克曼的介入不談，到了 1970 年代，還是看不到
能夠徹底理解地方的前景。主要是這十年以來，地理學家逐
漸不滿於研究特殊性的地理學。一般認為，合適的**科學**學
科，喜歡概括並制定放諸四海皆準（不只是在南加州或法國
南部適用）的法則。空間科學於焉誕生，做為人文地理學核
心焦點的空間概念，取代了區域概念。**空間**一詞訴諸**普遍均
一**的（nomothetic）或概括的科學衝力。地方在空間科學裡
只是一個區位。中地理論（central place theory）是經常使用
「地方」字眼的唯一領域，用以描述聚集了特殊功能、服務
和人口的區位（Lösch, 1954 ； Christaller and Baskin, 1966）。

19

艾斯柯巴（Arturo Escobar）最近就提到：

> 自柏拉圖以降，西方哲學（往往得神學和物理學之助）
> 將空間奉爲絕對、無限與普遍的，卻將地方限定於特
> 殊、有限、在地及受限的領域（Escobar, 2001: 143）。

由於後啓蒙世界發展出來的價值階序不看重**特殊性**，
因此，地方研究往往被貶爲「只是描述」，空間卻被賦予發
展有如科學法則般概括的角色。爲了讓它奏效，必須將人
從場景中移除。空間不是具體的，而是空無一物。於是，
空洞的空間可以用來發展一種空間數學——幾何學。不
過，這種認爲地方是執迷於特殊性，以及地方「只是描述」
的看法，奠基於一種特別天眞的地方觀，認爲地方是人類
地景的既定部分。到了 1970 年代，人文主義地理學者開始
發展地方概念，而其一分一毫都跟過去的空間研究取向一
樣，具有普遍性和理論野心。

　人文主義地理學的發展，有部分是爲了回應空間科學
近來對空間的重視。這項事業的核心是「地方」，也是地方
首度明確成爲地理探究的核心概念。對於地理學家，例如
段義孚（Yi-Fu Tuan, 1977, 1974b）、巴蒂摩與西蒙（Anne
Buttimer and David Seamon, 1980），以及瑞爾夫（Edward
Relph, 1976）而言，地方表達了面對世界態度的概念，強
調的是主體性和經驗，而非冷酷無情的空間科學邏輯。但

現象學：看到一個現象，就記對這種現象之解釋。

是，與區域地理學及（美國）文化地理學持續不歇的傳統不同，人文主義地理學採取清楚的哲學轉向（這是當前常見的姿態），向歐陸哲學取經。其中最重要的是現象學和存在主義哲學。我們將會見到，如果認爲把重點放在地方，只不過是回復前半世紀人文地理學裡最重要的，對於**特殊**地方的獨有特殊關注，那就錯了。反之，地方被視爲普遍而超越歷史的人類狀況的一部份。令人文主義者感興趣的不是（世界上的）地方，而是做爲一種觀念、概念，以及在世存有方式的「地方」。

最徹底闡述這種地方新取向的兩位地理學家，非段義孚和瑞爾夫莫屬了。段義孚的書《地方之愛》（*Topophilia*, 1974）和《空間與地方》（*Space and Place*, 1977）對人文地理學史影響極大，尤其影響了地方概念的發展。段義孚認爲，透過人類的感知和經驗，我們得以透過地方來認識世界。段義孚闡述「地方之愛」一詞，指涉了「人與地方的情感聯繫」（Tuan, 1974b: 4）。這種聯繫，這種依附感，乃是地方做爲「關照場域」（field of care）觀點的基礎。段義孚透過與空間的對比來定義地方。他發展出一種做爲行動與移動之開放場域的空間意義，地方則是牽涉了暫停（stopping）和休憩，以及涉身其中。空間適合空間科學和經濟理性的抽象概念考察，地方則適於諸如「價值」（value）與「歸屬」（belonging）這類事項的討論。

　　有關地方的這類討論，顯然不只是有關區位或區域的探討。由於地方是「暫停」（pause）的產物，以及依附的機會，因此地方存在於各種尺度：「在一個極端，一把最喜歡的扶手椅是個地方；在另一個極端，整個地球也是地方」（Tuan, 1977: 149）。

> 地方可以像房間裡的角落一樣微小，或者和地球一樣龐大：地球是我們在宇宙中的地方，這對思鄉的太空人而言，是個簡單的觀察事實……。多數的地方定義顯然都很武斷。地理學家傾向於認為地方像個聚落般大小：裡頭的廣場或許也算是個地方，但個別房屋通常不算是地方，壁爐旁邊的老舊搖椅肯定也不是（Tuan, 1974a : 245）。

　　這段寫就於 1974 年（在人文主義地理學廣為人知以前）的文字顯示，段義孚正努力對抗空間科學的抽象化。「空間分析者必須從簡化與人有關的假設開始。相對的，人文主義者是以理解人類本質的各種錯綜複雜之處的深切承諾，做為研究起點」（Tuan, 1974a, 246）。段義孚認為，空間科學漏掉了太多豐富的人類經驗，而且儘管有關「地方」的各種隨口說說的地理學定義不少，卻沒有人真正費工夫弄清楚它是什麼。地方無法測量或圖繪，也無法推論有關地方的法則，或從地方推論出法則。

　　瑞爾夫的地方研究取向，比較明白揭櫫對現象學的哲學關注。瑞爾夫在《地方與無地方性》（1976）中，確立了

他所謂的我們對地方的實際知識——我們知道在哪裡生活的這個日常世俗事實。我們住在某地，在另一處工作，又在另一個地方踢足球。但是，我們也願意保護**我們的**地方，免遭那些不屬於此地的人侵害，我們也經常留戀我們離開的地方。瑞爾夫認為，這些人類反應，透露出地方對於人類「存有」（being）有更深刻的意義。

　　跟段義孚一樣，瑞爾夫利用地方與空間的對比，來主張地方對人類生活有重大意義：

> 空間沒有定形且難以捉摸，也不是能夠直接描述和分析的實體。然而，我們可以感覺得到空間，或能夠解釋空間，幾乎總是會有一些相關的地方感或地方概念。一般說來，空間似乎為地方提供了脈絡，卻從特殊地方來引申其意義（Relph, 1976: 8）。

　　一端是地方、另一端是空間的連續體，同時也是連結經驗和抽象的連續體。地方為人所經驗（段義孚的《空間與地方》副標題是《經驗的視角》〔*The Perspective of Experience*〕）。

　　瑞爾夫明確立基於海德格（Martin Heidegger）的《存在與時間》（*Being and Time*）哲學，特別是<u>此在</u>（dasien）（大約是「寓居」〔dwelling〕的意思）概念。海德格認為<u>此在乃是存在的本質</u>——人類存活於世間的方式。海德格以黑森林農舍的實例來闡述他的論點：

力量的自足讓大地和穹蒼、神性與凡人融為一體
（oneness）而進入了事物，讓房屋有了秩序。它將農舍
安置於南向的背風山坡，鄰近泉水的草地上。它賦予房
舍寬闊低垂的魚鱗瓦屋頂，合宜的斜度可以承載積雪的
重量，屋簷深深下探，庇護廳室，可以抵擋漫漫冬夜的
暴雨。它也沒有忘記大桌後頭的角落聖壇；它在房間裡
替神聖的兒童床和「亡者之樹」（這是他們對棺材的稱
呼；Totenbaum）留了位置，如此，它在同一個屋簷下
替不同世代設計了各自生命旅程的特質。這是從寓居中
現形的技藝，依然將工具和框架當做物品來使用，建造
了農舍（Heidegger, 1971: 160）。

於是，做為寓居的地方，是一種在精神上與哲學上，將
自然與人類世界統一起來的努力。海德格認為嚴格說來，
<u>真正的存在乃是扎根於地方的存在</u>。如果將地方廣泛類比
於寓居的概念，那麼認為地方只是地圖上的一點，或甚至
是「多倫多」（Toronto）或「孟買」（Bombay），實在是很膚
淺的地方概念。然而，注意海德格如何挑選森林裡的農舍
當做例子。將這種地方描繪成猶如在泥土裡扎了根，確實
很直截了當。這個例子要如何運用在都市環境下的現代地
方，有點難以想像。海德格的想像十分浪漫而懷舊。

瑞爾夫闡述海德格的觀念，試圖避免過度簡化為區位
的地方觀。瑞爾夫引述哲學家蘭格（Susanne Langer）（她也

是段義孚偏愛的學者），指出地方在比較深刻的意義上，根本不需要有任何固定不變的位置。

> 不斷變換位置的船舶，仍然是個自給自足的地方，吉普賽營地、印第安營地或馬戲團營地也是如此，不論它們多常改變大地測量上的定位。按照字面，我們說營地**位於**某地，但是在文化上，它就**是**一個地方。吉普賽營地是個不同於印第安營地的地方，儘管或許在地理上，該地過去曾經是印第安營地的所在之處（Susanne Langer, 1953，引自 Relph, 1976: 29）。

　　所以，區位不是地方的必要或充分條件。瑞爾夫以一連串地方特質來進行研究，包括地方的視覺性（地方有我們看得到的地景）、據說地方能夠引發的社區感、與建立地方依附有關的時間感，以及「根深柢固」的價值，但他認為，這些都不足以說明地方對於人類存在和經驗的深刻重要性。為此，瑞爾夫重返現象學。

　　現象學哲學由十九世紀的布倫塔諾（Franz Brentano）與胡塞爾（Edmund Husserl）發展，主要關切哲學家稱為「**意向性**」（intentionality）的東西。意向性指的是人類意識的「關涉」（aboutness）。也就是說，（現象學家主張）我們無法在不**意識到某物**的情況下具有意識。意識建構了自我和世界的關係。瑞爾夫的主張在於，意識不只是某物的

23　意識──還是安適其所（in its place）的某物。人之所以爲
人的唯一方式，就是「位居地方」（in place）。地方決定了
我們的經驗。

> 地方的基本意義（本質）不因此源於區位，或是地方所
> 提供的瑣碎功能，也不來自佔據地方的社區，或是膚淺
> 世俗的經驗……地方的本質在於大體上沒有自我意識的
> 意向性，這種意向性將地方界定爲深刻的人類存在中心
> （Relph, 1976: 43）。

　　在此，**本質**（essence）是關鍵詞。現象學家認爲，發現
本質是他們的主要任務之一。本質就是使某物之所以是某
物的東西。所以，研究地方的現象學方法，不是探問這個
地方或那個地方的模樣，而是問什麼東西使得地方成爲地
方？兒童房的一角和都市花園或科索沃共有的特質是什
麼？很顯然，這裡不是對個別特色有興趣，而是一項針對
人類世界核心成分的重大探查。

　　究其根本，這個現象學事業意味了確認身爲人類就是
要「位居地方」（in place）。對人文主義者而言，具有存有
論上的優先地位的，乃是人類浸潤於地方的狀況，而非幾
何空間的抽象化。依地方哲學家凱西（Edward Casey）的說
法，「生活就是在地方上過活，認識就是首先認識我們所
在的地方」（Casey, 1996: 18）。專注於做爲經驗的地方，這
種現象學焦點與魯克曼（Lukerman）的早期觀察相呼應。

地方研究是地理學的主題，因爲地方意識是立即而顯見
的眞實的一部分，而非精細複雜的論題；地方知識是個
簡單的經驗事實（Lukerman, 1964: 168）。

因此，地方是個先於科學的生活事實，以我們經驗世
界的方式爲基礎。

人文地理學的人文主義支脈持續不歇，在許多方面刺
激了當代論辯。薩克（Robert Sack, 1992）曾提到地方與道
德的關連，認爲在（後）現代世界，我們與地方關係的主
要形式，通常是採取消費的形式。商品位於消費地方向我
們促銷，商品廣告指涉了各種美妙奇幻的脈絡。他認爲，
所有這一切的最終結果，就是降低了我們對自己行爲後果
的感覺。薩克認爲，道德奠基在我們對自己所作所爲後果
的認識上。消費，藉由掩蓋生產過程，隱藏了我們購物的
後果，從而創造出一種非關道德的消費者世界。這種等式
裡的一個關鍵部分，就是這種後果的空間範圍。超現代性　24
（hypermodernity）的特徵是典型的全球主義（globalism），
這使得每個在地行動在後果上都有全球性的潛在可能。這
對個人來說過於龐雜，以致無法處理。在薩克的消費者世
界的背景裡，有一種以地方爲基礎的行動可供替選。在
此，由於鄰近商品生產者，以及生產者必須負起責任，使
得道德有可能行得通。注意這則地方故事，如何巧妙暗示
了流動和動態的危險特性，後者切斷了人們與地方邊界的

連結。有關移動性（mobility）威脅的這個主題，是我們後面要回頭探討的論題。

地方是家園？

對許多人而言，有關地方及其對人類的重要性，最熟悉的例子就是家的觀念。家是本書的第一個地方實例。段義孚認為，地理學就是研究做為人類家園的地球（Tuan, 1991）。藉由把地球變成家，我們在許多不同層次上創造了地方。段義孚主張，在各種尺度上創造地方的行為，被當成是創造了某種居家感受（homeliness）。家是地方的典範，人們在此會有情感依附和根植的感覺。比起任何其他地方，家更被視為意義中心及關照場域。西蒙（David Seamon, 1979）也主張，家是休息的私密地方，我們可以從外界的繁忙紛擾退回到家中，對於這個有限空間裡發生的事情，有某種程度的掌握。家是你可以做自己的地方。就此意義而言，家通常充當地方的一種隱喻。

人文主義的地方研究取向以家為核心，多半要歸功於海德格把「寓居」（dwelling）當成真實存在（authentic existence）的理想類型，以及另一位歐陸現象學哲學家巴舍拉（Gaston Bachelard, 1994）的著述。巴舍拉在《空間詩學》（*The Poetics of Space*）裡，將家屋／家（house/home）視為充

當最早世界或最初宇宙的最初空間，塑造了往後我們對外在各種空間的認識。家是個私密空間，其中的經驗格外強烈。巴舍拉認為，家屋的內部配置營造的不是一個同質地方，而是一連串有自己的記憶、想像和夢想的地方。據此，巴舍拉區分了閣樓和地下室，閣樓是智慧與理性的地方，地下室則是無意識與惡夢之地──「無意識無法文明化。步入地下室，必須點上一根蠟燭」（Bachelard, 1994: 19）。所以，巴舍拉認為家屋／家是享有特權的地方，塑造了人們繼續思索更寬廣宇宙的方式。

25

家是基本地方的想法，已經遭到女性主義者質疑。女性主義地理學家羅斯（Gillian Rose）曾經考察了家做為地方在地理學中的角色。羅斯（在題為「女人沒地方」〔No Place for Women〕的章節）討論人文主義地理學時，發現段義孚、瑞爾夫等人有許多令人讚賞的嘗試。例如，他們願意引介家和身體的議題，與女性主義地理學者共享許多關心的事項。然而，她發現，令人憂心的是，人文主義地理學裡探討地方猶如家園這種觀念的方式。

　雖然常常有人提到，家（home）不必然是家庭住宅（family house），但他們研究中出現的家庭生活意象，卻是普遍的，甚至是生物性的經驗。段義孚評論道，「人類對於熟悉的、養育的地方產生認同，有其生物基礎」。在排除女性的人文主義研究脈絡中，對於家，以

及與家有關事物的熱情，提醒了我，人文主義地理學家
使用的是一種男性氣概的家／地方觀（Rose, 1993: 53）。

羅斯指出，很多女性並不支持人文主義地理學者將家
／地方置於學科核心的樂觀看法。社區可能沉悶乏味，家
可能且經常是苦工、虐待和乏人照料的地方。羅斯認爲，
很多女人可能根本不認得一種「沒有衝突、關懷、養育，
幾乎爲人文主義者所秘密崇拜」（Rose, 1993: 56）的家／地
方觀。

> 所以，對於認爲家是「女性受壓迫的核心位址」的白人女
> 性主義者而言，似乎沒什麼理由要頌揚家的歸屬感，而且
> 我還會補充，甚至更沒道理去支持人文主義地理學者的主
> 張，認爲家提供了終極的地方意義（Rose, 1993: 55）。

雖然人文主義者宣稱，地方是個普遍經驗（但同時以
「男人」〔man〕指稱普遍的人），他們沒有認識到人際間的
差異，以及人與地方間關係的差異。在尋找「本質」的過
程中，毫無「差異」的餘地。

羅斯對於家總是溫暖而充滿關愛的觀念抱持懷疑，大
多數女性主義者都會支持，但並非所有女性主義者都同意
羅斯的觀點。黑人女性主義作家胡克斯（bell hooks）寫
過，家是抵抗的地方（hooks, 1990；Young, I. M., 1997）。
身爲黑人小孩，在嚴格實施種族隔離的社會中長大，胡克

斯經驗到她的家是關懷的地方，那裡有使黑人免於外界壓
迫的相對自由，尤其是相對於在白人家中充當家僕所受的
壓迫。胡克斯認為，在充滿壓迫的白人世界裡，家以及打
造家園的活動，具有做為抵抗形式的重要意義。家或許確
實是一種特別安全的地方，（某些）人可以在家裡享有塑
造自身認同的相對自由。胡克斯認為，家是個使人產生力
量的地方。

基進人文地理學與地方政治

地方做為家的討論，開始揭露出環繞地方的某些政治
議題。雖然地理學對於現象學探查的關注，挽救地方觀念
使其免於消失，但同時建構出一種有些人認為是本質主義
且排他的地方觀，而且這種地方觀奠基於（後）現代世界
中，日漸無法維持的根植真實性（rooted authenticity）觀
念。海德格跟白蘭士和騷爾一樣，為了提出有關區域和地
方的論點，傾向聚焦於鄉村的意象與地方。到了廿一世紀
初，很難想像要如何將這些觀察應用到現代鄉村，更別說
是現代都會了。這使得受到馬克思主義、女性主義和後結
構主義啟發的地理學者，不再援用地方概念。當他們處理
地方課題時，採取的是批判模式──指出地方如何為社會
所建構，以及這種建構是如何奠基於排外的行為上。

　　例如，哈維（David Harvey）近來主張，地方在彈性積累（flexible accumulation）、後現代性和時空壓縮（time-space compression）的狀況下，地方的重要性提升了（Harvey, 1996）。他會這麼主張，是因為他認為，地方處於各式各樣來自多方面的威脅中；全球層次的經濟空間關係再結構，生產、資本、商務及行銷與日俱增的移動性，以及為了競爭，越來越有必要區分不同的地方。用哈維的話來說，地方是一種固定資本（fixed capital）的形式，與其他流動資本形式之間有緊張關係。固定和移動之間的緊張，產生了地方投資與撤資的循環，造成全球不均發展的不穩定過程。在哈維所說的故事裡，比起人文主義的頌揚，地方有更為曖昧矛盾的角色。地方確實受到了彈性資本、大眾傳播與運輸的超級移動性（hypermobility）威脅。因此，有關地方的政治鬥爭，往往替抵抗資本主義的移動力量提供了機會。但是，爭取地方認同的鬥爭也會訴諸偏執頑固與國族主義的狹隘排外力量。地方的認同化通常涉及我們和他們之分，而他者遭到貶抑（這個論題的延伸討論參見第四章）。

　　大約在 1980 年代晚期，地理學家開始認真探索更廣泛的社會理論和文化研究場域。一方是所謂的人文主義地理學家，另一方是基進地理學者，這樣的區分逐漸失效，而出現了一種受到威廉斯（Raymond Williams）、葛蘭西

（Antonio Gramsci），以及文化研究伯明罕學派（Birmingham school of Cultural Studies）激勵的新文化地理學。大西洋兩邊的地理學者，開始自信地宣稱地理學對於批判理論有其重要性。階級、性別和種族，過去被當成有如發生在針尖上。其實不然，它們發生於空間與地方。有人認為，藉由認真看待空間和地方，我們可以提供另一種辦法，來替影響和操弄我們日常生活的力量解秘，並加以了解。

我就是在這種脈絡下，寫了《安適其位／不得其所》（*In Place/Out of Place*, Cresswell, 1996）。我在書裡主張，人、事物和實踐，往往與特殊地方有強烈的聯繫，當這種聯繫遭到破壞（當人們「不得其所」），他們就會被視為犯了「逾越」（transgression）的罪行。我引用了紐約市塗鴉藝術家、（英國）格陵罕公地（Greenham Common）和平露營者，以及英國鄉間新世紀旅行者的例子。在每個例子裡，人與實踐都被（傳播媒體、政府等）視為跨越了地方與地方發生的事物之間，假定具有的常識性連結。這項研究目的是為了闡明，地方並未具有自然而明顯的意義，反而是有某些比其他人更有權勢的人，定義了何謂適當、何謂不適當，從而創造出地方的意義。書中也指出，人們如何以顛覆的方式利用地方及其既定的意義，來抗拒這種透過地方來建構對實踐之期待的做法。年齡、性別、階級、生活方式、性慾特質和族群等議題，一直都是焦點所在。區域

地理學和人文主義地理學這些傳統，大致上都忽略了這一切
議題。我們會在第四章回到這些有關排除和逾越的論題。

　　批判的文化地理學者開始在許多方面使用地方，這透
露了地方、意義和權力的複雜關連。例如，福瑞斯特
（Benjamin Forest）考察加州西好萊塢（West Hollywood）的
同性戀居民，在 1984 年合併西好萊塢的運動期間，如何成
功動員同性戀認同的象徵，例如創意與進步的政治（Forest,
1995）。他認為，讓在政治上建構的地方，成為同性戀認同
的地理焦點，使得同性戀社群得以建構一種不僅止於以性
活動為基礎的認同。福瑞斯特主張，藉由對地方的依附，
同性戀者能夠被視為一種族群，而不是一種疾病或變態。
換言之，地方發揮了正常化和自然化同性戀認同的作用。

　　另一個地方生產之批判性文化取向的例子，是安德森
（Kay Anderson）對於加拿大溫哥華中國城建構的檢視
（Anderson, K., 1991）。安德森問道，以中國城為名的地方，
如何出現在全世界主要城市。她主張，很多人將中國城的
存在，視為華人文化和華人在全世界定居的地方之間，有
著自然聯繫的證明。換言之，華人來到移居地，建構了一
個充斥華人餐館、雜貨店和寶塔（pagodas）的地方。安德森
的論點是，不能將這些地方簡單解讀為本質化的華人特性
（Chineseness）的象徵，反之，這類地方是在意識形態上被
建構為差異的地方。在溫哥華的實例中，她追溯隨著金礦

發掘而抵達加拿大西岸的華人，以及他們後來修築鐵路、經營商店和洗衣店的工作。他們逐漸承受了流傳於白人之間的一套論述，指稱華人的「本性」是無可救藥的不同而低劣。過了一段時日，中國移民開始定居於溫哥華的某個地區，這種成群集居的現象，令白人旁觀者感到恐慌。白人菁英將華人描繪成一種污染和疾病，威脅了白人的種族純淨。到了 1880 年代末期，人們開始使用「中國城」這個字眼，這是從舊金山引進的詞彙。

> 早在溫哥華的任何華人實質聚落被如此稱呼以前，專屬他們的「地方」已經在當地語彙和文化中有了獨特的現實。 1885 年，國務卿契普羅（J. Chapleau）說：「如果但丁（Dante）造訪過舊金山中國城，他大概會在他的煉獄裡，再添上更爲黑暗的恐怖筆觸」（Anderson, 1996: 219）。

中國人開始聚集在都彭街（Dupont Street）周邊，這個新「中國城」就被視爲惡習和墮落的自然中心，充斥著髒污、疾病和道德缺陷（鴉片窟、賭博和賣淫）。「中國人」這個種族稱號，被視爲道德缺陷和特殊地方（中國城）的同義詞。多年來，這個地方歸市府衛生局掌管，跟水源、污水和傳染疾病放在一起。

安德森說明了「中國城」不僅僅是華人文化的自然反映，而是與那些定義地方的權力（媒體、政府等）協商的

結果。最近，這個社會建構的地方成了觀光勝地，白人遊客可以造訪「異國情調的他者」，並以經過消毒的方式，享受陳舊觀念及惡習與墮落。儘管事實上，現在人們認爲這個地方很安全，甚至頗具吸引力，但還是發揮了重申「他們」與「我們」的道德秩序的作用。

福瑞斯特討論西好萊塢的論文，以及安德森對中國城的考察，突顯了位於他們分析核心的地方觀念。它們不只是討論特定地方的論文（雖然我們確實經由閱讀論文而認識了溫哥華和西好萊塢），而是探討地方在社會階層世界中運作的方式。以西好萊塢的例子來說，藉由將同性戀認同銘刻於地方，地方扮演了肯定同性戀認同的積極角色。在此，地方與認同的連結是個自我肯定的政治選擇。在中國城的案例中，地方則扮演了負面角色，藉由將有關華人文化的特殊白人觀點，連結上名爲中國城的地方，而自然化了將中國人視爲不道德與劣等的西方白人觀點。

1980年代晚期以來，批判的文化地理學者認爲，地方是個必須透過社會和文化衝突的透鏡來理解的概念。這種分析的核心在於種族、階級、性別、性慾特質，以及許多其他社會關係等議題。不過，地方不只是社會過程的結果，地方一經建立，就成了創造、維繫和轉變各種支配、壓迫及剝削關係的工具。溫哥華的文化與社會菁英將華人認同固著於地方，就比較容易以負面觀點來看待華人文化

和華人本身。藉由成功遊說西好萊塢的合併，同性戀人士
得以生產一種肯定自身生活方式的觀點。

地方是「在世存有」 vs. 地方是社會建構

薩克（Robert Sack）與地方哲學家凱西（Edward Casey）
及梅爾帕斯（J. E. Malpas）近來嘗試恢復地方在社會生活中
更爲根本的角色。要解說他們的研究取向，最好是透過與
下述哈維的宣稱對照：

> 無論外觀如何的地方，都跟空間和時間一樣，是社會建
> 構的產物。這就是我一開始抱持的基礎命題。於是，唯
> 一可以問的有趣問題是：地方是經由什麼樣的（多重）
> 社會過程而建構的？（Harvey, 1996: 261）

堅持把地方當成社會建構來討論的重要性，清楚勾勒
了當代批判人文地理學探討地方事務的主導取向。主張地
方是社會的建構，就是說地方並非自然天成，而且如果人
類力量塑造了地方，那麼同等重要就是人類力量也可以毀
滅地方。懷抱進步政治議程的人偏好這種取向，因爲它指
出了如果目前事情是這個模樣，它們在稍後有可能完全變
樣。這就是批判的人文地理學者在前一節採取的方法。認
爲某物是社會的建構，就是說人類力量足以改變事物。那

30

麼，社會建構了地方的什麼東西？有兩樣東西最為明顯：意義和物質性（materiality）。

如果我們說紐約下東區是個社會建構，我們就是聲稱，我們經驗那個地方的方式、我們賦予該地的意義，源於西方文化價值和資本主義力量主導的社會環境。它們也是媒體、政客和當地居民的產物。我們或許在報紙上讀過湯普金斯廣場公園的暴動，所以（無可理喻地）害怕去那裡。我們或許看過塗鴉、壁畫、咖啡館和商店，認為它是活力充沛、多采多姿的地方。無論它看似具有什麼意義，幾乎不必懷疑這種意義來自「社會」。

聲稱地方是社會的建構，也是在說物質性（地方的構造）也是社會的產物。建築物、公園、栽種的樹木、實際興建的道路和餐廳，這些往往是為了營利而造，但也是為了各種其他原因。社區花園並非「自然天成」，而是當地居民孜孜不倦努力完成的。很難相信在下東區這樣的地方，除了社會建構外，任何人還能夠怎麼設想地方。

這些論點在許多方面似乎都顯而易見，因此，我們會納悶到底哈維為什麼要費心闡述。不過，另有一種深刻思考地方的方式，認為地方是比社會建構更深奧的東西，對身為人類而言，是不可化約且根本的事物。

薩克在《地理人》（*Homo Geographicus*）中提出下述主張：

> 事實上，現代地理學偏重社會，尤其是「一切都是社會

建構」的化約論觀點，對於整個地理分析的危害，猶如
環境決定論時期的偏重自然，或是人文主義地理學的某
些領域只專注於心靈或知性一樣。雖然就特殊時刻的特
定情境而言，或許有某個因素比較重要，但都不是地理
的決定因素（Sack, 1997: 2）。

　　哈維堅稱，「於是，唯一可以問的有趣問題是：地方
是經由什麼樣的（多重）社會過程而建構的？」但薩克顯
然認為哈維錯了。薩克認為，地方在人類世界裡的角色還
要更深遠許多，它是一股無法化約為社會、自然或文化的
力量。反而，地方是將這些世界匯聚在一起的現象，甚且
實際上局部生產了這些世界。

　　薩克不是唯一提出這種論點的人。想一想哲學家梅爾
帕斯（J. E. Malpas）的一席話：

> 地方觀念包括了透過特定地方結構而表現出來的社會活
> 動和制度（而且可以視為部分決定了地方）的觀念，也
> 包括了限制且有時受制於那些社會活動和制度的世間自
> 然物體與事件（伴隨相關的因果過程）的觀念。毫無疑
> 問，特定地方的秩序——以及社會安排空間和時間的特
> 殊方式——並非獨立於社會秩序之外（一如地方包含了
> 社會，地方也藉由社會而部分得到了闡釋，正如地方也
> 聯繫上源於個別主體和潛在物理結構的秩序來闡釋）。
> 然而，這並不能正當化地方、空間或時間**僅僅**是社會建

構的宣稱。事實上，社會並不先於地方而存在，而且除
非是在地方之中、並透過地方（以及透過空間化、時間
化的秩序），否則社會也無法呈現……社會的可能性本身
源於地方結構（Malpas, 1999：35-36）。

就此而言，請注意梅爾帕斯和薩克並未否認特定地方
是社會和文化的產物。然而，他們堅決認為，就一般意義
而言，地方要比前述的總合還要來得多。他們指出，沒有
了地方，社會本身就無可想像——社會（與文化）是在地
理層次建構的。從表面上看，這似乎與宣稱社會與空間
「相互建構」（這是某些社會建構論的主要宣稱）的主張，
沒有多大不同。不過，薩克和梅爾帕斯與這種觀點不同，
因為他們認為，在探討地方時，「社會」領域並不具有特
別的重要性。梅爾帕斯再度援引海德格的地方哲學，以
「在世存有」做為人類的特徵。梅爾帕斯認為，人類與地方
的關係，不是放在盒子裡的蘋果，而是一種必然關係的感
受，那就是我們存在的方式。

反之，地方是內在的，是主體性本身建立的依據——地
方不是建立**在**主體性**之上**，而是主體性據以建立的**基
礎**。因此，我們並非先有一個主體，以地方的觀念來理
解某些世界特徵；反之，主體性的結構是在地方結構之
內，以及經由地方結構而成形的（Malpas, 1999: 35）。

　　這種論點與社會建構論者的看法相當不同，後者認爲，人類既建構了地方意義，也建構了地方的物質結構。梅爾帕斯和薩克主張，若人類沒有先置身某處地方，根本無法建構任何事物——**地方是意義與社會建構的首要因素**。地方最重要，因爲它是我們存在的經驗事實。

　　對於抱持這種世界觀的學者而言，問題在於非常欠缺經驗細節。如果你讀過薩克、梅爾帕斯和凱西的論文，就會發現很少有針對特殊地方的詳細描述。因爲他們談論一般意義的地方，很難用特殊事例來說明。事實上，如同海德格及其黑森林農舍，他們傾向於運用想像和理想化的例子，或是「思想實驗」。所以，如果我們回到紐約下東區，我們可以從這種觀點學到什麼？

　　首先，這種觀點顯然無法告訴我們太多促使某處地方成爲那副模樣的過程。它對於縉紳化（gentrification）過程，或都市區裡的公園建築，或是波多黎各餐館的出現，都提不出什麼看法。它無法解釋週期性撼動該地區的社會動盪。這些都是像哈維這樣的馬克思主義地理學家，以其堅持地方乃是社會建構的信念，試圖解釋的各種事物。不過，是否如他所宣稱的，這些是唯一有趣的問題？薩克、梅爾帕斯等人以地方爲中心的取向指出，下東區所發生的事情，或是其他地方在這方面發生的事情，只不過是所有人類生活中都會發生的事情的實例——有關人類經驗基礎的鬥爭——必須以地方做爲人類意義和社會關係的根柢。

　　若要徹底理解人文地理學的地方觀念，這些複雜論證不但重要，而且不可或缺。它或許有助於我們重新考察社會建構的概念。所有的事物都是社會的建構——空間和時間的想法、分子物理學、腦外科醫學、牙膏、核子彈、電視和時尚，以其各自不同的明顯程度，全都是特殊社會裡的建構，帶有特定的、通常是層級性的社會關係。有些事物很顯然（至少對作者而言）不是社會的建構，例如重力、地球、生與死、冰河的冰磧石。這一切事物都有社會建構的意義，否則人們無法談論它們，但不論我們是否加以建構，這些事物本身都會存在。所以，地方是什麼樣的事物呢？有些人主張，地方既不像牙膏（過去不曾存在，未來則會變得多餘），也不像重力（其存在完全不受人類意志或意識影響）。地方是人類的建構，卻是不可或缺，若沒有地方，就無法想像人類生活。換言之，沒有先於人類的「地方」，但是一旦人類存在了，地方也就存在。我們無法想像一個沒有地方的未來（這與沒有牙膏的未來不一樣）。雖然地方的社會建構，不是薩克和梅爾帕斯的主要論題，但他們的論點指出，地方是一種「必要的社會建構」——它是我們身為人類，必須建構的東西。這並不是說，我們必須建構出下東區、科索沃或千禧圓頂（Millennium Dome）的所有特殊性質，而是說，即使沒有這些特定地方，在它們缺席之處還是會有其他不同地方。

地方、實踐與過程

段義孚和瑞爾夫不是唯一為了闡述地方概念而寄望現象學的地理學家。其他「人文主義」地理學者，例如西蒙（David Seamon），也透過現象學的探查，渴望獲得地理現象的本質。在西蒙的案例裡，地方是核心概念，但理解地方的關鍵成分是身體移動性（bodily mobility），而不是根著和真實性。西蒙追隨法國現象學家梅洛龐蒂（Maurice Merleau-Ponty）的論點，專注於「空間的日常移動」——**「由個人自己開展的身體或身體局部的任何空間移置**（displacement）。走到信箱取信、開車回家、從住家走到車庫、伸手從抽屜裡拿剪刀——這一切行為都是移動的例子」（Seamon, 1980: 148）。身為現象學地理學家，西蒙渴望藉由移動來發現本質性的地方經驗特質。他想要超越特殊案例，提出具體化（embodied）地方的普遍解釋。

要有活動才能感動

> 現象學……問道，是否在男人和女人的言行舉止，以及經驗他們日常世界的各種方式裡，有某些特定模式，超越了特殊的經驗脈絡，指向根本的人類狀況——透過現象學程序剔除了所有非本質的東西（文化脈絡、歷史時代、個人風格）以後，留存下來的人們生活處境中無可化約的要點（Seamon, 1980: 149）。

34　　　西蒙認為，大部分的日常移動都是一種習慣。人們不假思索，每天開車經過相同的路線上下班。已經搬家的人發覺自己來到他們的舊居，而且直到他們抵達門口，才恍然大悟。人們一邊談話，一邊伸手到抽屜裡找剪刀。這種移動似乎低於意識監控的層次。身體主體（body-subject）知道自己在做什麼，有一種

> 與生俱來的身體能力，明智地指揮人的行為舉止，發揮了一種特殊主體的功用，以前意識（preconscious）方式來自我表達，人們通常用「自動」、「習慣性」、「不由自主」和「機械」這類字眼來描述（Seamon, 1980: 155）。

　　西蒙援用跳舞的隱喻，來描述完成特殊任務（例如洗碗盤）的一連串前意識行動。他稱呼這種序列為身體芭蕾（body-ballet）。若這種移動維持了一段相當長的時間，他就稱之為「時空慣例」（time-space routine）。這個詞語描述了人在一天裡遵循慣例路徑而行止的習慣——開車上班、送小孩上學、吃午餐等——除了個人身體移動，西蒙也檢視群體行為。許多時空慣例在某個特殊區位裡結合在一起，就出現了「地方芭蕾」（place-ballet），西蒙認為這會產生強烈的地方感。身體的移動性在空間與時間裡結合，產生了存在的內在性，那是一種地方內部生活節奏的歸屬感。

　　「地方芭蕾」是召喚我們地方經驗的隱喻。它指出了地

方乃是透過人群的日常生活而日復一日操演出來的。很顯然，西蒙與瑞爾夫都支持身為某個地方的「圈內人」或「圈外人」的概念，但某個人成為圈內人的方式，則更加明確。我們藉由參與這些日常操演（performance），才得以認識地方，覺得自己是地方的一份子。這種觀點也指出，那些明知慣例的人，僅僅由於他們的身體實踐不遵守成規，就會顯得笨拙和「不得其所」。

　　西蒙的研究似乎遺漏了一件事，就是我們在地方裡都認得出來的，加諸人群操演的限制。限制和自由的微妙平衡，是受結構化理論（structuring theory）（尤其是紀登斯〔Anthony Giddens〕和布迪厄〔Pierre Bourdieu〕的研究）影響的地理學家的主題。普瑞德（Allan Pred）在他的論文〈地方是歷史偶然過程〉（Place as Historically Contingent Process, 1984）中，聲稱他對時下流行的地方概念很不滿。他認為，（某些人）經常以固定可見的、能夠測量的屬性（這許多房屋、那個人口、這些便利設施等）來思考地方。結果，地方就變成了「不過是人類活動的僵滯佈景」（Pred, 1984: 279）。人文主義地理學家也逃不過他的批判，因為他們也「認為地方是個惰性的、為人所經驗的場景」（Pred, 1984: 279）。普瑞德主張，必須代之以強調改變和過程的地方概念。地方從未「完成」，而總是處於「流變」（becoming）之中。地方是「不斷發生的東西，是以創造和

35

利用物理環境的方式，對特殊脈絡中的歷史有所貢獻的東西」（Pred, 1984: 279）。這種取向受到結構化理論啓發，這個理論是主要與英國社會學家紀登斯有關的一套觀念。結構化理論嘗試描述和理解影響我們生活的宏觀結構（從諸如資本主義和父權體制等大結構，到較小尺度的結構，例如國家和地方制度），以及我們在日常生活中運用能動性（agency）的能力，這兩者之間的關係。結構化論者認爲，我們的行動既非由超乎我們的結構決定，也不完全是自由意志的產物。結構有賴於我們的行動方能存在，我們的行動則是由行動背後的結構來賦予意義。我們可以拿語言當例子。語言（例如英文）清楚提供了字彙和文法的結構。過份偏離這些規則，我們說的話就沒有意義。即使如此，語言的使用並不完全是規則的產物。人類以不同方式使用語言。有時候，這些用法不會遵守規則。如果這種情形經常發生，語言結構本身就會開始改變。如果沒有結構，語言的個人使用就毫無意義，就此而論，結構使得意義有可能。如果沒有人類來操持語言，結構根本就成不了結構，它就是個死掉的語言。

現在，以地方爲例來思考這一點。很明顯的，我們住在我們對其建構沒有什麼影響力的物質地景中（除了極少數的例外）。這些地景有牆壁、門窗、流動空間（道路、小徑、橋樑等），爲了生活，我們必須與它們協商。我們不可

能穿牆而過，我們不太可能在路中央徘徊而不危及性命。
地方也有比較不具體的結構。法律和規則瀰漫於地方之
中。我們在雙黃線上停車，就會有收到罰單的風險。我們
不能任意進入私人地產。我們應該在九點以前就工作崗
位。地方裡也普遍有成套的文化和社會期待。我們不應該
公開大聲自言自語，我們不鼓勵女性夜晚獨自行走暗巷，
年輕男性不應該聚集在街角。這些結構因地而異，當我們
旅行時，人們期望我們熟悉這些結構。

　　在特定時刻裡，地方提供了具有地理特殊性的一套結
構。不過，即使有層層疊疊的結構化條件，沒人有把握能
夠預測你我將會做什麼。我們可能不去上班（或是翹課），
打電話請病假。我們必須協商的地方，是那些先於我們在
此活動的人實踐的結果，但這個地方未來將有所不同。這
不是一勞永逸的完成狀態。試想某個市鎮裡一塊簇新的矩
形蓊綠草坪。樹木種植於中間地帶，兩條小徑在中央交
會，將草坪劃分成四個較小的長方形。草坪周遭圍繞著道
路和建築物。要橫越草坪到另一端，行人預設要不繞過草
坪，要不就得利用小徑穿越。但總是會有人走斜對角穿越
草坪。幾個星期後，就出現了一條小路──泥巴路，成為
人群想抄捷徑的具體展現。想像一下，規劃者和建築師除
了在台階和在中央擺上一件公共藝術外，也在草坪周邊提
供了長椅。不久，遊民晚上就睡在長椅上，滑板玩家拿藝

36

術品當做障礙超越訓練場。重點在於，人類能動性不是那麼輕易就能建構，而結構本身是透過能動者（agent）的反覆實踐才構成的。

拿大學這個地方做為另一個例子。大學顯然有一些多少既定的意義，做為學習、文化、客觀性、人文主義努力和反思的核心。這些意義的產生，乃經由可以回溯到中世紀的學習與制度建構的悠久歷史。時光荏苒，這些地方發展出獨立的藝術、科學、法律、醫學、商業及其他學系。確立「教授」權威的方式被設計出來，並且打造成為演講廳的結構（學生坐著，面對站在抬高講台上的教授）。換言之，你所承襲的這個大學，是幾百年來以特定方式實施教育實踐的產物。

儘管大多數現代教育機構賴以構成的物質（紅磚、白瓦等）表面上是中立的，但這些機構卻帶有隱含的意識形態假設，直接構築於建築本身之中。區分知識為藝術和科學的分類，複製於科系體制中，將不同科系安置在不同建築物裡……此外，教師和受教者之間的階層關係，以座位安排方式銘刻於講堂的配置裡……主導了資訊的流動，並且自然化了教授的權威。因此，在決定個別課程內容以前，無論有多麼不知不覺，已經先有了在教育裡什麼可行、什麼不可行的各種決定（Hebdige, 1988: 12-13）。

不過，認爲大學是個已經完成的地方也不對。例如，小班級往往不理會大型講堂裡的傳統桌椅佈置方式，不滿意這種安排的學生或教授，將椅子重排成圓形，或其他更具包容性的空間配置。隨著時光流逝，這或許意味了有越來越多大學空間的建造，配置了更多移動式家具。也許更具革命性的是網際網路和「遠距教學」提供的機會，使得正式的「地方化」（placed）教育益顯多餘。所以，做爲地方的大學並未完成。一般而言，地方向來都不會完整、完成，或受到束縛，而總是流變，處於過程之中。

普瑞德 1984 年論文的主題，就是這種過程的意義，以及地方裡結構和能動性的關係。地方從未完成，而總是過程和實踐的結果。據此，有必要從「主導性的制度計劃」、協商地方的個人經歷，以及地方感如何透過結構和能動性的互動而發展等角度，來研究地方。就我們想像的公園例子來說，合宜的經驗研究可能包括了：檢視最初建造公園的人的意圖和作爲、滑板玩家、遊民或是在那裡吃午餐的當地辦公室員工如何使用這個地方，以及公園的意義隨著時間而改變和協商的方式。

史瑞夫特（Nigel Thrift）的研究，持續發展人文地理學中的過程和實踐觀念。除了普瑞德和葛瑞哥里（Derek Gregory）之外，他也爲地理學界引介了結構化理論（Thrift, 1983 ； Gregory, 1998）。史瑞夫特近來發展了他所

謂的「非再現性理論」（non-representational theory）（Thrift, 1997 ； Thrift, 1996），這個取向強調事件和實踐，而不是（文化地理學內部）比較正統的對詮釋和再現的偏重。與在他之前的西蒙一樣，史瑞夫特仰仗梅洛龐蒂的著作，指出在社會與文化地理學（以及更廣泛的社會科學）裡，身體長久以來都隸屬於頭腦。史瑞夫特主張，如果我們專注於我們的行事方式，就能夠掌握我們與世界的原初關係，一種更為具體而沒有那麼抽象的關係。因此，我們有必要將地方理解為與世界之間的具體關係（embodied relationship）。地方是由行事之人建構出來的，就此意義而言，地方從來都是未「完成」，而是不斷有人予以操演。

索雅（Edward Soja）提出了另一種相關的看待地方和實踐的方式。索雅闡述法國理論家列斐伏爾（Henri Lefebvre）的著作，發展出「空間性的三元辯證」（trialectics of spatiality）觀念（Soja, 1989 ； Soja, 1999 ； Lefebvre, 1991）。他的起點是批判向來位於地理學論述核心的二元論空間性概念。這些包括了客觀性與主觀性、物質與心靈、真實與想像，以及空間與地方的對立。為了挑戰這些二元對立，他提出了「第三空間」（thirdspace）。第三空間是生活的空間（lived space），它打斷了感知空間（perceived space）與空間實踐（spatial practices）的區分。他以第一空間這個詞彙來描述在經驗上可以測量和描繪的現象。這是人文地

理學的傳統領域——社會過程的空間結果。第二空間是感知的空間，是主觀與想像的空間，亦即再現和想像的領域。這呼應了許多人的地方觀念，亦即一種感覺得到且爲人關照的意義中心。因此，第二空間對應了人文主義對實證主義空間概念的批判。索雅和列斐伏爾的批判在於，這兩種思考的方式，對應了客觀／主觀；物質／心靈；眞實／想像等二元組，好像這就是故事的全貌。因此，第三空間或說生活的空間，是一種不同的思考方式。第三空間是爲人所實踐及生活的空間，而不僅是物質（構想）或心靈（感知）的空間。把重點放在生活世界上，似乎提供了一個理論基礎，以供思考基於做爲生活、實踐與居住空間之地方的地方政治。

　　就這些角度來看，地方從未建制完成。地方只會透過持續而重複的實踐來運作。回到我們的例子，大學既被生產出來，也從事生產。大學裡如果沒有遵守預期的言行舉止（上圖書館、參加考試、上課）的人，就不會有大學存在了。事實上，大學是操演出來的。跟所有地方一樣，每一天、每一處，大學都必須複製出來。另一方面，我們也不是在眞空狀態裡搬演我們的實踐。我們受到地方的物質形式及其偶然的意義環繞。地方沒有自然而然或永遠不變的東西——地方是社會的產物，但地方確實替實踐提供了脈絡。我們如果走在交通繁忙的街道中央，或是在圖書館

裡大聲自言自語，那我們真的是瘋了。

　　在思索與空間及地方相關的實踐議題上，證實最有助益
的其中一本書，就是迪塞陶（Michel de Certeau）對於《日
常生活實踐》（*The Practice of Everyday Life*, de Certeau, 1984）
的詳盡說明。令地理學家疑惑不解的是，迪塞陶使用空間
和地方的方式，與尋常的區分相反。迪塞陶認為，地方是
空洞的格網，實踐發生其上，但空間卻是由實踐創造出來
的東西。迪塞陶著作裡的核心緊張存在於，一方是系統性
的空間文法（我們寓居其中，但不是由我們建構的秩序），
另一方是我們以並非預先決定的方式來使用這種文法的能
力。在這裡，引導性的隱喻是語言。雖然我們必須使用語
言規則和結構才能產生意義，但我們在實踐上這麼做的方
式，幾乎是無限多樣。同樣情形也適用於地方。儘管我們
住在預先結構了的地方——在不均等權力關係的脈絡裡，鑲
嵌著特殊利益——但這些地方裡如果沒有實踐，就無法運
作。想像一個行人。雖然行人不會穿越圍牆，但他們確實
會以無可計數的方式行為舉止。用迪塞陶的話來說，他們
以「慾望和目標的森林」（de Certeau, 1984: xxi）填滿了街
道。因此，實踐是一種戰術（tactical art），操弄著既定的地
方結構。移動的實踐世界嘲弄了地方的正統形式。

　　西蒙、普瑞德、史瑞夫特、迪塞陶等人的著作，向我
們說明了地方如何透過反覆的社會實踐而構成，地方是在

每日的基礎上建造和重建。地方為實踐提供了模板
（template），那是個不穩定的操演舞台。將地方設想成是被
操演和實踐出來的，有助於我們以徹底開放而非本質化的
方式來思考地方，人群不斷透過實踐來爭鬥和重新想像地
方。地方是認同的創造性生產原料，而不是**先驗**的認同標
籤。地方替創造性社會實踐提供了可能性的條件。就在這
個意義下，地方變成了一種事件，而不是根植於真實性觀
念的穩固存有論事物。做為事件的地方，特徵是開放和改
變，而不是界限和永恆。

地方、開放與變遷

　　位居大多數人文主義地理學核心的地方，十足是個根
著與真實性的地方。哈維在探討地方時，保留了這種意
義，但它卻成了反動排他的象徵。只要地方指涉的是一群
人與某處位址之間緊密而相當穩固的關連，地方就會不斷
涉入「我們」（屬於某個地方的人）和「他們」（不屬於這
個地方的人）的建構之中。如此一來，就建構了圈外人。
在哈維的著作裡，這就產生了對一般人所理解的地方的嚴
屬批判（第三章對此有更多討論）。

　　但是，我們毋須以這種內向而排他的角度來思索地
方。瑪西（Doreen Massey）在發展她的「進步」或「全球」

40

的地方感觀念時，拒絕了這種地方觀。她鼓勵我們將地方
想成是以新方式結合了身體、物體和流動。誠如艾斯柯巴
（Arturo Escobar）的主張，「地方以特殊的構造聚集了事
物、思想和記憶」（Escobar, 2001: 143）。在這種意義下，地
方變成了事件，而不是根植於真實性觀念的穩固存有論事
物。做爲事件的地方，特徵是開放和改變，而不是界限與
永恆。這大幅改變了賦予地方的價值，因爲地方是由外在
而非從內部建構的。我們在下一章會更深入探討瑪西「全
球（或進步）地方感」的重要定義。但她不是唯一審視地
方如何由外在物體和過程建構而成的人。

　　藝術家兼評論家李帕德（Lucy Lippard）在她的書《地
域的誘惑》（*The Lure of the Local*）裡，提出了類似看法。

> 內蘊於地域的是地方概念——由內部所見的土地／城鎮
> ／城市景觀的一部份，人們熟知的特定區位的共鳴……
> 地方是一個人生命地圖裡的經緯。它是時間與空間的、
> 個人與政治的。充盈著人類歷史與記憶的層次區位，地
> 方有深度，也有寬度。這關涉了連結、圍繞地方的事
> 物、什麼塑造了地方、發生過什麼事、將會發生什麼事
> （Lippard, 1997: 7）。

　　在此，李帕德同意瑪西的論點，認爲地方是「關涉了
連結」，但是提到更多積澱於地方的歷史層次，成爲未來行
動的根底。

環境史學家也發展了思考地方的方式，契合了瑪西的進步地方感。例如，克羅農（William Cronon）的書《自然的都會》（*Nature's Metropolis*），顯示芝加哥是如何透過與鄉村腹地的關係而建構（Cronon, 1991）。克羅農追溯了玉米、木材、肉品和其他物產從鄉間進入都會的旅程，並且說明了進出地方的移動，如何生產了新的物質地景、新的社會關係組合，以及造就新的人與「自然」關係。他在題爲〈肯納寇特之旅：往鎭外的路〉（Kennecott Journey: The Paths out of Town）的這篇絕妙論文裡，針對阿拉斯加州（Alaska）的一個廢棄小鎭，從事了類似分析。

在這篇論文裡，克羅農造訪了肯納寇特，這個位於阿拉斯加中南部維爾岱茲（Valdez）以北，荒蕪已久的城鎭。他以大量細節描述地方遺跡，尤其是替早期居民提供了大量就業，龐大而壯觀地蔓延的輾磨工廠。

> 這是幽靈城鎭裡的幽靈工廠，然而，可能差不多昨天才開始鬧鬼。輾坊工人食宿的農場宿舍裡，亞麻布還在床上，盤子還放在自助餐館桌上。翻開的帳簿四散在儲藏室和辦公室裡，由於北方寒冷的氣候而免於腐壞。甚至機械裝置也保存得很完善：升起篩選裝置的齒輪，非常清澈的油依然包覆著齒輪提供潤滑（Cronon, 1992: 30）。 [41]

克羅農的論文探討什麼原因使這個地方形成享有三十

多年榮景與生機的城鎮，後來又是什麼因素令其沒落。為
了考查這些原因，他追溯肯納寇特與其他地方的關連。
1911 年至 1938 年間，這裡發現了銅礦（世所僅見最豐富
的礦脈），肯納寇特因此繁榮成長。 1930 年代銅礦市場跌
落谷底，富饒的銅礦脈產量開始減少。 1938 年，肯納寇特
銅礦公司關閉它在阿拉斯加的所有礦場，將採礦活動移轉
到北美和南美其他位址。

克羅農問道，「我們要如何了解這個地方，以及地景
上如此清晰可見的記憶？」（Cronon, 1992: 32）。他的答案
就是要追溯肯納寇特和世界其他地方的關連。這包括了
「與眾多其他有機體分享世界的人類有機體的生態學、塑造
自然且彼此塑造以便創造集體生活的人類社會存有的政治
經濟學，以及努力奮鬥尋找置身世界所在之意義、訴說故
事的生物的文化價值」（Cronon, 1992: 32）。

> 當我們試圖理解肯納寇特，我們提出的問題，必定向我
> 們顯示了通往小鎮之外的道路——這個孤寂地方與世界
> 其他地方之間的關連——我們唯有行經這些道路，才能
> 將這個幽靈社區與創造它的環境重新連結起來（Cronon,
> 1992: 33）。

有許多「通往小鎮之外的道路」。其中一條道路，是由
於有必要在一個無法提供多少糧食的地方飲食而創造出來
的。一旦肯納寇特的非原住人口增多，就必須輸入食物。

人們在鄰近地區以物品交換只能在別處獲得的物品時，他們就在當地地景上施加了一組新的意義，並連結上更廣大的世界。這些都提升了當地環境因應外來力量而開始有所變化的可能，所以，貿易成為強大的生態變遷新根源（Cronon, 1992: 37）。

肯納寇特不久就成為更廣大貿易網絡的一部份。俄國商人開始在阿拉斯加沿岸營業，從而甚至將阿拉斯加內陸整合進入廣大的歐洲毛皮市場。

貿易將一個生態系的資源與另一個生態系的人類需求連結起來。沒有糖、酒或煙草的阿拉斯加村莊，與沒有毛皮製品的社群貿易以便獲取這類物資。貿易網絡的結果，重新定義了阿拉斯加地景的資源，使其超越當地生計需要而進入了市場領域，任何貨物都可以藉市場轉換成其他財貨。同時，經濟消費活動逐漸與生態性生產的地方分離開來，讓人遠離了自身行動和慾望的後果（Cronon, 1992: 38-39）。

克羅農追溯原住民和外來軍事探險隊間的貿易發展。關鍵資源當然是銅礦。雖然肯納寇特的原住民認為銅礦的顏色很有意思，而且他們實際上可以將銅製作成武器、工具和首飾，但他們不知道銅能夠導電，也不太了解銅礦對於美國工業的價值。肯納寇特的龐大礦藏，以及環繞周邊

的小鎮，都把焦點放在這項資源上。伴隨新居民而來的是
新的食物和植物種類，像是蕪菁和甘藍菜。當地獵物不久
即遭捕獵殆盡。食物是個問題。為了供應食物給逐漸增加
的居民，修築了一條鐵路。為了使新居民得以開採銅礦，
他們必須引進新的財產定義──因此，伴隨蕪菁而來的是
法律地景。原住民沒有靜態財產或地方的概念。他們是遊
牧民族，隨著資源能否取得而遷移。克羅農寫道，這種生
活方式「使他們不太關心嚴格區分地景上的財產邊界」，新
來者「對於擁有和佔據地域，懷抱著完全不同的方式。這
便是肯納寇特這個社區的起源」（Cronon, 1992: 42）。因
此，肯納寇特的反諷之處──因其連結而產生的地方──就
是地方觀念本身是由外界引進的。這是以財產和邊界為基
礎的地方。

　　要理解名為肯納寇特的這個地方──以及任何地方──
克羅農認為，我們必須注意地方的連結關係。肯納寇特之
所以能夠在當時出現，正是因為連結關係使然。居民所消
費的一切事物，都取決於其他地方先前的歷史，從阿拉斯
加海岸地帶鮭魚罐頭工廠的發展，到與熱帶地區的咖啡和
糖貿易。「若無西方歷史的先前契機，紐約資本家就不可
能在阿拉斯加聘僱工程師與工人，在那個遙遠的內陸地帶
修築鐵路、礦場和輾磨工廠，使得這個國家的城市得以購
買一種在半個世紀以前幾乎還不知道自己需要的金屬」

（Cronon, 1992: 49）。同樣的，肯納寇特的終結也全賴南美洲出現比較便宜的銅礦工業，以及真正全球化經濟體的支配和缺陷。

　　克羅農並不是要從事理論寫作。和許多環境史學家一樣，他運用敘事讓我們思考手邊的議題。不過，他的肯納寇特之旅告訴我們，必須將地方視為連結世界其他地方的位址，置於不斷演變的社會、文化與自然／環境網絡中來理解。必須經由出入地方的各種路徑來理解地方。即使不是所有地方都如此，至少世界上有很多地方都能寫出類似故事，地理學家也開始以非常類似的詞彙來思索地方。甘帝（Matthew Gandy）探討紐約市如何透過與自然的關係而建構（Gandy, 2002），克雷頓（Dan Clayton）則探究英屬哥倫比亞，如何因為大批帝國旅行者及當地旅行者進入與穿越這個地帶而建構（Clayton, 2000）。

地方的終結？

　　克羅農提到的這種過程——地方緊繫於人群、意義和事物的全球流動方式——致使某些人意識到地方正遭受加速的侵蝕。大眾傳播、增強的移動力，以及消費社會，三者一起被視為急遽加速世界同質化的元兇。有人主張，我們有越來越多生活發生在可以是任何地方的空間裡（無論我

們位居地球上什麼地方，看起來、感覺上、聽起來都一樣）。無論我們走到哪裡，速食店、購物中心、機場、主要街道的商店和旅館，全都差不多是同一個模樣。這些就是看似與當地環境脫節的空間，也無法獲知有關其所在特殊地域的任何事情。提供地方依附感受的意義，也變得非常淡薄。

地方侵蝕的議題，正是人文主義地理學者瑞爾夫的《地方與無地方性》的主題。你一定記得，瑞爾夫是以持續不斷的方式，引起地理學者關切地方議題的地理學家之一。要記得，他爲文著述的年代，早於我們（西方人）目前經驗到如此無所不在的地理同質化程度。瑞爾夫關心的問題是，大家越來越難感受到透過地方來與世界產生聯繫。瑞爾夫將人類的地方經驗，區分爲內在性與外部性（outsideness）的經驗。「內在於一個地方，就是歸屬並認同於它，你越深入內在，地方認同感就越強烈」（Ralph, 1976: 49）。在與此對立的極端，存在的外部性牽涉了與地方的疏離，是源於身爲存在之圈內人的不假思索歸屬感的對立面。

瑞爾夫從海德格的「寓居」（dwelling）觀念發展了一個關鍵詞：「眞實性」（authenticity）。眞實性意味了眞誠的態度，「做爲一種存在形式，眞實性乃是替自己的存在負責的完整體認和接納」（Relph, 1976: 78）。存在的圈內人對於

一個很可能是真實的地方抱持真實態度。另一方面，對地方的不真實態度：

> 基本上不具地方感，因為這種態度並未認識到地方的深層與象徵意涵，也不欣賞地方的認同。它只是一種在社會上方便而差強人意的態度——一種未經批判即接受的刻板印象，一種沒有實際涉入也能為人採納的美學風尚的知性（Relph, 1976: 82）。

瑞爾夫認為，在現代世界裡，悄然蔓延的無地方性普遍狀況圍繞著我們，而其特徵是無法與地方建立真實的關係，因為新的無地方性不容許大家成為存在的圈內人。

> 透過一些過程，或者更精確的說是透過「媒體」，直接或間接鼓舞了「無地方性」，從而傳播了對地方的不真實態度，也就是削弱了地方認同，以致地方不僅看起來很像，感覺相似，還提供了同樣枯燥乏味的經驗可能性（Relph, 1976: 90）。

導致這種狀態的過程紛雜多樣，除了大型企業和中央威權，也包括大眾傳播和文化的無所不在。瑞爾夫寫道，這種情形尤其要歸咎於觀光業，因為它鼓勵了地方的迪士尼化（disneyfication）、博物館化和未來化。

在這方面，元兇之一就是移動性。瑞爾夫將不真實的

無地方性直接聯繫上了移動性，他聲稱美國擁有自宅者的移
動性（每三年搬一次家），降低了家的重要性，因而在（美
國）現代世界日益嚴重的無地方性問題上扮演要角。在瑞爾
夫看來，造就無地方性的另一個因素，就是現代的旅行／觀
光業，鼓動人們迷戀「旅行的機械裝置和隨身用具……本
身。簡言之，比較重要的是離去的行動和風格，而不是某個
人去了哪裡」（Relph, 1976）。像迪士尼世界（Disneyworld）
這種地方是無地方性的縮影，因為它純粹是為了外來者而建
構，而且現在橫跨地球，在法國及日本複製。

　　高速公路（superhighway）也是地方毀壞的元兇之一，
因為它們不連結地方，也跟周圍的地景區隔開來──它們
「從每個地方出發，卻不通往任何地方」（Relph, 1976）。在
高速公路之前，鐵路是破壞真實地方感的首惡：

> 道路、鐵路、機場直接橫越或強加於地景之上，而非與
> 地景一起發展，它們不僅自身就是無地方性的特徵，還
> 由於它們促成人群的大量移動及附帶的風尚與習慣，因
> 而除了直接衝擊外，還助長了無地方性的擴散（Relph,
> 1976: 90）。

　　瑞爾夫將移動性提高的各種形式，與他所謂的「大眾
文化」及大眾價值觀連結起來，後者再度稀釋了人與地方
的真實關係。地方變成「他人導向的」（other directed），在

圖 **2.1** 佛羅里達州奧蘭多市（Orlando）迪士尼世
界。許多作家認爲，像迪士尼世界這樣的觀光地點
不是眞實地方，而是「無地方」（placeless）的地
方，或是沒有眞實歷史、亦無歸屬感的「虛假地方」
（pseudo-places）（照片由樊虹麟提供）。

橫越地球的短暫連結裡變得越來越像。移動性和大眾文化
導致了非理性而膚淺的地景。

　　人類學家歐莒（Marc Augé）提出了類似主張，認爲後
現代性（postmodernity）（他稱爲超現代性〔supermodernity〕）
的事實表明了有必要徹底重新思考地方觀念（Augé,

1995）。他主張，地方向來被設想爲一種幻想，屬於「遠古以來錨定於完好無缺土地之恆久狀態的社會」。歐莒的論點指出，這種地方越來越不重要，而且爲「非地方」（non-places）所取代。

> 我們或可稱之爲經驗性非地方的東西不斷擴增，乃是當代世界的特色。流通空間（高速公路、航空路線）、消費（百貨公司、超級市場）與傳播（電話、傳眞、電視、有線電視網），在當今全球佔據了更多空間。它們是大家不必生活在一起，就可以共存或同居的空間（Augé, 1999: 110）。

　　非地方是以短暫無常（移動性的優勢）爲特徵的位址。歐莒使用非地方（non-place）這個詞，不像瑞爾夫的「無地方性」（placelessness）那樣具有負面道德意涵。歐莒以非地方來指涉以「瞬間、臨時和短暫」爲標誌的位址。非地方包括了高速公路、機場、超市——都是（據稱）與特殊歷史及傳統無關的位址——以移動性和旅行爲特色的無根地方。非地方基本上是旅行者的空間。歐莒的論點促使文化理論家重新考慮各自學科的理論和方法。傳統觀點裡的地方要求能夠反映假設之邊界和傳統的思想，非地方則要求新的移動思考方式。

　　段義孚也曾探討移動世界如何影響現代性的地方經驗。

圖 2.2 英格蘭達特摩（Dartmoor）的一座村落。人們思考並書寫地方時，通常執著於老舊的小地方，正如這個達特摩村落一樣看似「眞實」。例如，想一想海德格描寫黑森林農舍以便闡述「在世存有」的方式（照片由作者拍攝）。

他挑選商人做爲這個新世界的象徵：

> 他四處移動非常頻繁，因而對他而言，地方傾向於失去了特殊性格。他的重要地方是哪裡？家在郊區。他住在那裡，但家與工作並未完全分離。家裡偶爾要充當鋪張款待同事和生意夥伴的觀光區……高級主管定期出國旅遊，結合了商業和娛樂。他在米蘭（Milan），然後在巴貝多（Barbados），下榻同一間旅館，或與同一批友人同行。移動的迴路錯綜複雜（Tuan, 1977: 183）。

圖 2.3　巴爾的摩─華盛頓國際機場（Baltimore-Washington
International Airport）。相較之下，機場經常被描繪為非地方（non-
places）或無地方（placeless）。它們看來似乎沒有歷史，而且以短暫
無常和移動性為特色（照片由作者拍攝）。

48　　　段義孚繼續寫道，這種生活必然造成膚淺的地方感：

> 如果我們用心的話，可以迅速學到**有關**地方的抽象知識。
> 如果我們有藝術家的眼光，就能立刻標示可見的環境品
> 質。不過，對於地方的「感覺」，就得花上比較長的時間
> 才能獲得。這種感覺多半是在好幾年間，日復一日重複著
> 轉瞬即逝且平淡無奇的經驗而形成的（Tuan, 1977: 183）。

　　史瑞夫特將移動性描述為伴隨現代性而出現的感覺結構
（structure of feeling），隨著我們逼近廿一世紀，這種感覺結
構也獲得新的特質。他的論證焦點是科技與「機械複合體」

的發展，從四輪大馬車開首，（暫時）以網際網路告終。
到了 1994 年，他撰寫論文的當時，速度、光與動力的發
展，已經達到一種程度，就是它們結合起來，並與人類融
合，改變了一切事物。他在論文最後，列出了這種感覺結
構對人文地理學造成的某些後果。其中一項涉及了地方。

> 在「介中」（in-between）的世界裡，地方是什麼？簡單
> 的回答是——折衷：永遠處於發聲狀態、介於不同地址
> 之間、總是推遲不定。地方是「強度的舞台」（stages of
> intensity）。移動、速度和流通的痕跡。我們可能讀過
> 「差不多地方」（almost places）的描述……按照布希亞式
> （Baudrillardean）的術語，這是第三級的擬像世界，入侵
> 的虛假地方終於完全消除了地方。或者，我們可能記載
> 地方……是策略性的裝置，捕獲交通的固定地址。或
> 者，最後，我們可能將它們……解讀為各種空間、時間
> 和速度實踐的框架（Thrift, 1994: 212-13）。

　　對於不真實性和缺乏承諾的潛藏道德判斷已經遠逝。
往壞處想，這種移動性和地方的解讀是中立的，往好處
看，這正是對移動世界的正面讚揚。史瑞夫特認為移動性
是日益加速的世界中，全體生活的標誌。研究現代世界，
就是研究速度和方位。這裡不是比較移動性和地方，而是
將各種移動性安置於彼此的關係中。在這個世界裡，地方
逐漸變得冗贅多餘。

49　　或許沒有變得多餘。正當地方（至少是那種牢牢根源於過去，相對穩固的整體形式的地方）看似多少變得無關緊要之際，地方卻是許多人掛在嘴邊的字眼。廣告商把地方，或是塑造地方的方式賣給我們。旅遊指南鼓勵我們了解地方。政客和藝術家哀悼地方的喪失，努力創造新地方。都市居民離開城市，尋找鄉村地方，在那裡生活步調會慢下來，他們還可以養些雞。或許，用米歇爾（Joni Mitchell）的話說，「直到失去，我們才知道曾經擁有什麼，他們剷平了樂園，建造一座停車場」。

很顯然的，如果像某些人的宣稱，地方是我們人性的根底，那麼地方就不可能消失，因為它是人類處境的必要成分。不過，地方當然會改變，而且這令人焦慮。深思地方的作家李帕德，反省在我們居住的加速世界中，地方可能具有的意義。在此，移動性對地方造成的影響，沒有像瑞爾夫、歐莒和史瑞夫特等人，在他們各自不同的視角裡要我們相信的那麼極端。

> 我們大多數人經常四處旅行，但是我們旅行時，經常接觸那些不會到處旅行的人，或是來自不同地方的人。這應該使我們更加認識差異（雖然永遠不可能認識有關差異的一切事物）。每回我們進入一個新地方，我們就成為既存的混種（hybridity）構成要素之一，而所有「當地地方」都是由混種事物構成的（Lippard, 1997: 5-6）。

　　李帕德在這裡指出移動性和地方總是攜手同進，因為
地方總已經是混種的了。我們穿越地方，在地方之間及地
方週遭移動，只不過增添了混雜效果。她表示，「地方影
響力」仍舊在我們所有人身上運作，因為「心理的地理成
分有必要歸屬某處，這是普遍疏離的解藥」（Lippard, 1997:
7）。她主張，即使在這個「人人永不停歇、多元傳統」的
年代裡，「即使地方力量減小，而且往往淪喪消失，地方
（做為缺席者）還是界定了文化和認同。地方（做為現身者）
也繼續改變我們的生活方式」（Lippard, 1997: 20）。

結論：地方的各種版本

　　我們在這一章討論了人文地理學和其他領域裡，轉變
中的地方角色。就常識觀點而言，我們看見了地方如何總
是學科的核心，但直到 1970 年代，立足於現象學的人文主
義地理學出現後，才發展成完熟的觀念。像是段義孚和瑞
爾夫，以及後來的薩克和梅爾帕斯，這些作者發展了做為
人類生活之核心意義成分的地方觀念，地方是構成人類互
動基礎的意義核心和關照領域。受到馬克思主義、女性主
義和文化研究激發的批判的人文地理學者，熱切說明了地
方是如何在不平等權力關係脈絡中，由社會所建構，以及
地方如何表現了支配和剝削的關係。縱貫這些辯論，西
蒙、普瑞德、史瑞夫特和瑪西這些地理學家堅信，不應該

50

將地方設想為靜止和有界限的，反之，地方應該是超越特定地方邊界而延伸擴展的過程產物。雖然有時候這些過程，尤其是人員和觀念的移動，似乎破壞了地方的基礎，產生了一種無地方性或非地方。但是，地方看來還是我們世界經驗中的重要成分。

地方顯然是個複雜的概念。由於地方乍看之下似乎顯而易見，是種常識，這使得地方更加令人困惑。值得回溯這一章討論的各種地方研究取向，來考察不同地理學家書寫地方的不同方式。在許多方面，他們似乎是在描寫截然不同的事物。區域地理學家討論的地方，是擁有獨特生活方式的個別地區。人文主義者描述的地方是在世存有的基本方式。基進地理學家探察地方的建構方式如何反映了權力。那些涉及各種結構化理論的學者，則認為地方是社會再生產過程的一環。對當代人文地理學而言，這些論點是否可能都有其珍貴價值？或者，它們會相互抵銷？是否有個「地方」位居論辯的核心？

在地理學和其他領域裡，有關地方的主要爭論，似乎介於以個別地方的角度——地方的區位、邊界及其相關意義與實踐——來描寫地方的人（區域地理學家，特定地方政治的詳細說明等），以及那些想要主張一種更深層的原初地方感的人（人文主義地理學者、地方哲學家）之間。或許兩種主張同時並存。我們居住的這些地方（偏愛的房

間、鄰里、國族），事實上都可以分析爲社會產物，是社會各部分之間持續鬥爭的政治結果與工具。而且，它們全都可以用過去區域地理學家描繪地方的方式來描述。但是，或許這些地方都是更深刻感受的事例，說明人類必須存在於地方之中。如果將這種地方感浪漫化爲總是光明美好，有如「在家一般」（以理想化的家庭意義來看），那就錯了。有些地方很邪惡，是壓迫和剝削性的。但它們仍然是我們經驗世界的方式──經由地方，以及置身地方之中。或許，正是因爲地方對於人類存在是如此根本，以至於地方以其社會建構的形式，成爲如此強大的政治勢力。畢竟，我們無法脫離地方來思考世界。

透過地方觀念史，我們可以見到（至少）三種研究地方的層次。

51

1. 地方的描述取向。這種取向最接近常識觀點，認爲世界乃是由一組地方構成，每個地方都可以當做獨特的實體來研究。這種**獨有特殊**（idiographic）的地方研究取向，是區域地理學家採用的方法，但至今持續不歇。這裡關切的是地方的獨特性和特殊性。採取這種取向的地理學家，可能會想研究並撰述「北英格蘭地理」或「舊金山精神」。

2. 地方的社會建構論取向。這種取向依然關注地方的特殊性，但只是拿來當做更普遍而基本的社會過程的實例。

馬克思主義者、女性主義者和後結構主義者可能會採取
這種地方取向。探討地方的社會建構，涉及了解釋地方
（例如倫敦的船塢區〔Docklands〕，或巴爾的摩港）的獨
特屬性，指出這些地方如何是在資本主義、父權體制、
異性戀體制、後殖民主義，以及一大堆其他結構條件底
下，更廣大的一般性地方建構過程的實例（Anderson, K.,
1991 ； Clayton, 2000 ； Forest, 1995 ； Till, 1993）。

3. 地方的現象學取向。這個取向並不特別關心特定地方的
   獨特屬性，也不太關切涉及特殊地方建構的社會力量。
   反之，這種取向嘗試將人類存在的本質，界定為必然且
   很重要的是「處於地方」。這個取向比較不關心「複數
   地方」（places），而比較專注於「單一地方」（Place）。人
   文主義地理學者、新人文主義者和現象學哲學家，都採
   用這種地方取向（Sack, 1997 ； Malpas, 1999 ； Casey,
   1998 ； Tuan, 1974a）。

　　我們不應該認為這三個層次互不相干，因為它們之間
顯然有重疊之處。大致上來說，它們表現了地方研究的三
種「深度」層次，層次一表現了對於我們所見的世界表面
的關懷，層次三表示呈現了地方對人類有何意義的深刻普
遍感受。不過，如果認為這些層次很輕易就能夠對應到
「重要性」，那就錯了。要了解地方在人類生活中扮演角色
的全體複雜性，這三種層次（以及介於層次之間）的研究
都很重要且有其必要。

3

解讀「全球地方感」

　　這一章的目標是，透過這門學科的幾篇關鍵文本，來
深入考察過去如何思考地方。當然，許多可能相關的文
章，前幾章也已經提過不少。瑪西（Doreen Massey）的論
文〈全球地方感〉（A Global Sense of Place）廣為各界引述，
呼籲一種新的地方概念化，視之為開放與混種──是相互
連結的流動的產物──是路徑而非根源。這種外向的地方
觀，質疑了視地方為關聯於根著且「真實」之認同感的意
義核心，永遠遭受移動性挑戰的整段歷史。它也批判性的
介入了認為全球化和時空壓縮侵蝕了地方的普遍觀點。於
是，我挑選這篇論文，乃因為它使我們得以探討圍繞著地

方概念的所有核心主題，並指向新的思考方式。然而，單獨看這篇論文，無法完整掌握有關地方辯論的複雜性和政治急迫性。必須把它放在知識和歷史脈絡中來理解。為此，本章也摘錄了哈維（David Harvey）的《正義、自然與差異地理》（*Justice, Nature and the Geography of Difference*, 1996）中，〈從空間到地方，然後回頭〉（From Space to Place and Back Again）這一章。最後，梅伊（Jon May）在他的〈全球化與地方政治〉（Globalization and the Politics of Place, 1996）裡，針對這兩篇論文提出了細緻的回應。

歷史脈絡

〈全球地方感〉於 1991 年發表，1994 年重印於瑪西的《空間、地方與性別》（*Space, Place and Gender*）一書中。這篇論文也收錄在 1997 年的論文集《閱讀人文地理學》（*Reading Human Geography*, Barnes and Gregory, 1997）裡，這篇文章也以略有差異的版本，收錄於 1993 年的文選《繪製未來》（*Mapping the Futures*, Bird *et al.*, 1993）。瑪西自己寫道，這是世界正經歷快速「全球化」的時刻。運輸、傳播設施，以及全球資本的制度性支持（世界銀行、國際貨幣基金等），似乎合謀協力降低了地方的重要性，使地方變得沒有那麼獨特。反全球化抗議聲勢不大，直到 1990 年代後

期，才有媒體加以報導。在英國，有越來越多人搭飛機到國外渡假，但家鄉的主要街道似乎日漸趨於均質，有如到處冒現的全球連鎖店（例如麥當勞）。伴隨這種明顯同質化一併發生的，是西方世界裡形成了一種新多樣性。來自世界各地的服飾（標籤上標明「一個以上國家的產品」），從預料中的中國和印度餐廳（在英國），擴充到包括（例如）墨西哥、越南或蒙古的「族裔」餐廳。超級市場陳列一大堆令人暈眩的食材，往往需要旁邊標牌上的詳細說明（「如何使用楊桃」）。購買十五種來自世界各國的米，突然變得可能。似乎在全球尺度上同時發生了兩種互補的變化——多國公司擁有的商店在世界各地到處復現（同質化），以及各式各樣國際文化產品在各處都市地區興盛發展。這兩種變化似乎都威脅了獨特地方的觀念。

1990 年代初期也見證了一些以地方為基礎的激烈暴動，這通常奠基於受壓迫的少數族裔渴望國族獨立，或是某些其他區域自治形式。西方媒體上最常描繪的事例，就是南斯拉夫（Yugoslavia）的解體，以及隨之發生的種族淨化恐怖境況。這個時期也經歷了伊斯蘭原教旨主義（Islamic fundamentalism）的崛起，例如阿富汗塔利班（Taliban）政權的勝利，這有部分是對於全球化及覺察到的歐美文化帝國主義的反應。在較小的尺度上，特別是在美國，則見證了「門禁社區」（gated communities）——這是特別控管的居

住所在，具有設計來防止想像中城市生活之恐怖情狀的嚴密安全防衛設施（Till, 1993）——的激增。襲產（heritage）工業也很活躍，嘗試以經過消毒的方式將地方及其歷史包裝起來，藉以吸引觀光客和他們的錢。因此，地方在許多尺度上都列入了議程，不是經由顯而易見的同質化，就是從國族到襲產公園的各種創造地方的嘗試。

瑪西和哈維就是在這種脈絡下，針對當代世界的地方觀念，以及地方的可能意義，從事了迥然不同的分析。我們將會看到，哈維的論文〈從空間到地方，然後回頭〉首度在 1990 年塔特藝廊（Tate Gallery）的一場會議中發表，他很擔憂經常極為反動排外的地方政治（利用地方界定出一個與其他人群對立的群體）的浮現。另一方面，瑪西嘗試將地方重新界定為世界上一股更開放進步的力量。我們先從哈維談起。

哈維論地方

哈維在他的論文〈從空間到地方，然後回頭〉裡，以來自他的家鄉巴爾的摩（Baltimore）的一則實例開始，藉以提出他有關地方的較抽象論點。

1994 年八月十四日星期天，基爾福特（Guilford）發生了一椿殘酷的雙人兇殺案。一對上了年紀的白人夫婦，都是著名的內科醫師，但現在八十多歲退休了，被發現遭人用球棒打死在床上。兇殺案在巴爾的摩並不陌生（這個城市的謀殺率為一天一起）。不過，在媒體看來，基爾福特謀殺很特別。主要的當地報紙《巴爾的摩太陽報》（*Baltimore Sun*），以全版加以報導，但大部分其他謀殺案只會得到表面上的關注。媒體詳述近幾個月以來，這類事件如何在基爾福特已是第三起，很明顯的，如果要倖免於難，就必須採取某些行動維護社區安全。基爾福特社區協會（Guilford Community Association）長期以來施壓的解決方案，就是將基爾福特轉變成有嚴格出入管制的門禁社區。

（Harvey, 1996: 292）

　　哈維描述媒體如何轉向《可防禦空間》（*Defensible Space,* 1972）作者紐曼（Oscar Newman）的觀點，後者認為門禁社區的產生，是保護鄰里免遭娼妓、販毒和走私等犯罪入侵的一種辦法。門禁社區基本上是一群住宅（有時候是商店和休閒設施）集結起來，四周以圍牆環繞，有一條或兩條通道出入。於是，這些出／入口可以由私人保全、閉路電視或其他監控形式來管制。住戶有通行證得以進出，訪客則必須登記。在基爾福特的例子裡，門禁社區的形成能有效的區隔白人社區（基爾福特之內）與黑人社區（基爾福特之外）。

56

> 《太陽報》報導的整體要旨意味著……犯罪是非裔美人和「底層階級」的習慣,因此,建造障礙物來阻止有色人種和低收入者進入,無論多麼令人遺憾,或許可以證明是確保可防禦「社區」空間的正當方式,否則,富裕的白人中產階級可能會逃離這個城市。必須保護**地方**,使其免遭不受控制的空間性帶菌者(vectors of spatiality)入侵。
>
> (Harvey, 1996: 292)

　　結果,基爾福特的兇殺案並非某些來自外界的隨機入侵者所為,而是這對夫婦的孫子犯下的罪行。

　　在這裡,哈維將這種地方觀念(有安全界限的社區)與他所謂的「不受控制的空間性帶菌者」對立起來。一如地理史上的常見情況,地方往往對立於被描繪成具威脅性的流動和變動。注意,哈維並不認為在無法預期的世界上,地方可以是個安全避風港。他只是觀察到《巴爾的摩太陽報》建構這種論點的方式。但是,他選擇這個例子,確實點出了他在自己的研究裡使用地方的方式。

> 　　那麼,基爾福特是個什麼樣的**地方**?它有名稱、邊界和特殊的社會與物質特性。它在都市生活變遷與流動中,已然達致了某種「恆常」。保護這種恆常,不但對基爾福特的居民,而且對城市各種機構(政府、媒體,以及特別是金融)而言,都成了一項政治經濟

計劃。而且,它有個超越僅僅是區位意義的論述╱象徵意義,這使得在那裡發生的事件有特殊意義,一如報章媒體對兇殺案的回應所示。基爾福特顯然以非常特殊的方式,嵌入了巴爾的摩市裡鬥爭、權力與論述的製圖學(cartographies)。但是,不同地圖會以不同的方式予以定位,《太陽報》裡兩篇對比鮮明的報導便清楚顯示了這一點。

(Harvey, 1996: 293)

在這裡,哈維以反覆講述且熟悉的地方特質(「超越了僅僅是區位意義的論述╱象徵意義」)來說明,在巴爾的摩享有特權的群體,進一步將基爾福特「固定」成為安全的白人中產階級地方的嘗試裡,變得很重要的就是這種特質。在探究哈維討論地方性質的論文的其餘部分時,重要的是記住哈維的事例選擇。這個例子清楚顯示(這也是哈維的用意)的一個地方面向,乃是地方不只是存在,而且向來總是且不斷為社會上強大的制度性勢力所建構。

57

地方無論外觀如何,都跟空間和時間一樣,是社會建構的產物。這就是我一開始抱持的基礎命題。於是,唯一可以問的有趣問題是:地方是經由什麼樣的(多重)社會過程而建構的?有兩種方式可以解決這個問題。第一種方式是重述時空的關係性觀點告訴我們的要點:

> 實體同時在它們的邊界上，以及創造空間的內部過
> 程秩序上，暫時達到相對的穩定。這種恆常
> （permanences）會以排外方式（暫時）佔據一塊空
> 間，並藉此（暫時）定義了地方——他們的地方。
> 地方形構過程是個從創造時空性（spatio-
> temporality）過程的流動中，切割出「恆常」的過
> 程。但是，「恆常」無論看起來有多麼堅實，並非
> 永恆不變，而總是臣服於「一直消逝中」的時間。
> 這些恆常隨著創造、維持和崩解的過程而變化（前
> 引書：261）。

> 因此，我們能夠賦予地方一種雙重意義，地方 (a)只是時空地
> 圖上的一個區位位置，在某些社會過程裡構作而成，(b)發生於時
> 空建構之內，並且能夠轉化時空建構的實體或「恆常」……意義上
> 的差異，乃是在全球地圖上標記諸如南緯 30.03 度與西經 51.10
> 度的記號，與替位於巴西蘇爾河（Rio Grande do Sul）州的愉港
> （Porto Alegre）城市命名之間的差別。

> （Harvey, 1996: 293-294）

　　所以，哈維認為地方是時空之流中依條件而定的「恆
常」形式。雖然使用完全不同的語言，但這種做法令人回
想起段義孚的評論，「如果我們認為空間是允許移動的所
在，那麼地方就是暫停；每個移動中的暫停，都使區位得

以轉變成爲地方」（Tuan, 1977: 6）。不過，哈維比段義孚更
關切政治世界，伴隨地方而來的暫停，並不會允諾多少存
在的歸屬感，而是個標記特殊邊界，並且建構地方政府和
社會權力之特殊形式的機會。哈維關注的焦點是，「資本
主義下地方建構的政治經濟學」。

　　只消按一下按鈕，資本就可以相當自由地全球流轉。
資本是移動的。另一方面，地方是固著的。移動資本與固
著地方之間的緊張，對哈維而言非常根本。地方的「恆常」
是投資於固定性的一種形式。必須興建無法在一瞬間輕易
移動的基礎建設。

58

　　然而，當特定發展階段（資本主義或前資本主義的）塑造出
來的地景，變成進一步積累的障礙時，繫於地方的固定性和資本的
空間移動性之間的緊張關係，就會迸發成為普遍危機。於是，地方
的地理構造必須重新塑造，圍繞著新的運輸與通訊系統和物質基礎
設施、新的生產與消費中心及風格、新的勞動力聚集，以及修改過
的社會基礎建設……創造新地方之際，老地方……必須貶值、毀
壞、重新開發。大教堂城市成了襲產中心、礦業社區變成幽靈城
鎮、老舊工業中心面臨去工業化，投機的榮景城鎮或縉紳化鄰里崛
起於資本主義的發展邊境，或是去工業化社區的灰燼之上。

(Harvey, 1996: 296)

因此，地方的恆常與資本移動性總是處於緊張狀態，地方必須不斷適應超越其邊界的狀況。地方彼此競爭一部份的移動資本 —— 鼓勵公司投資在它們特殊的固定形式裡。地方必須自我推銷是適合居住、工作及投資的好地方（Kearns and Philo, 1993）。

許多人將資本移動性視爲全球化的主要力量，以及全世界感受到的地方同質化的主因。這種論點指稱，隨著資本益趨流動，大眾傳播日漸普及，地方也變得更不重要（Meyrowitz, 1985）。但是，哈維反對這種論點：

> 這並不意味地方的意義在社會生活中已經改變，而且在某些方面，這種影響的作用使得地方更顯重要，而非無足輕重。這可能說明了過去十年左右，以「地方」爲標題的研究大量湧現的原因。
>
> （Harvey, 1996: 297）

在全球經濟已經徹底重新配置時空的狀況下，哈維認爲人們傾向於更加顧慮他們在世界上的特定地方的安全。全球經濟對地方造成的威脅，使我們更加覺察到我們在居住與工作地方裡珍視的事物。此外，運輸與通訊費用的巨幅減少，至少在已開發世界，已經使得客觀區位（一個地方與其他地方距離有多遠）變得較不重要。這意味了當多

59

國公司（例如）選擇一個區位時，地方品質（生活品質）
面向的重要性提高了。因此：

> 那些居住在地方的人……更加敏銳地意識到他們正與其他地
> 方競逐高度流動的資本……在滿足居民自身需求的同時，居民也會
> 憂慮他們能提供什麼套裝設施以便帶來發展。因此，地方上的人試
> 圖區別他們的地方與其他地方，並且變得更有競爭力（或許彼此會
> 相互敵對且排他），以便獲得或保住資本投資。在推銷地方的過程
> 裡，運用各種能夠集結的廣告和影像建構的巧妙手法，已經是至關
> 緊要的事。
>
> （Harvey, 1996: 298）

　　想一想全世界的城市，為了成為人們居住與工作的
「安全」且「有吸引力」地方而做的努力。所謂的「都市文
藝復興」計劃，例如西班牙畢爾包（Bilbao）的古根漢博物
館（Guggenheim museum），倫敦的千禧穹頂（Millennium
Dome），或是亞特蘭大（Atlanta）商業區的波特曼中心
（Portman Center），大致上都是為了吸引企業和消費者（即
居民）來到特定地方而非其他地方。同樣的，大型文化事
件，像是世界博覽會、奧林匹克運動會和世界盃，都被用
來向世界觀眾推銷地方。大學除了憑其學術優勢，也透過
宣傳它們的區位來爭取學生。

> 　　投資於消費奇觀、推銷地方意象、競爭文化資本和象徵資本
> 的定義、與塑造吸引消費者的地方有關的鄉土傳統振興，全都捲入
> 了地方之間的競爭。
>
> （Harvey, 1996: 298）

　　哈維的下一步是要考察海德格著作及其「寓居」（dwelling）觀念造成的影響。他注意到（如同幾十年前瑞爾夫注意到的）海德格將做為居所的地方視為「存在真理的場所」（locale of the truth of being）——就是使人所以為人的東西。他指出，海德格已經對德國戰前的時空壓縮感到恐懼，因為它導致基於地方認同的消亡。正是這種恐懼，迫使海德格從世界撤退到他的黑森林農舍（參見第二章）。哈維覺得這種退縮有問題：

> 　　比如說，在一個高度工業化、現代化與資本主義的世界裡，「寓居」的狀況會是什麼？我們無法轉身回到黑森林農舍，但我們可能轉向什麼境地？譬如說，地方經驗（與地方性質）之真實性（根植性），是個困難的議題。首先……真實性問題本身就屬於現代的問題。唯有當現代工業化將我們與生產過程分隔開來，而且我們遭遇到做為成品的環境時，真實性問題才會浮現出來。段義孚（Tuan, 1977: 198）認為，扎根於地方，與擁有和培育地方感，是

不一樣的經驗。「真正扎根的社區也許有神龕和紀念碑，但不太可能會有保存過往的博物館和社團」。召喚地方感與昔日的努力，目前往往是刻意而有意識的作為。

(Harvey, 1996: 302)

　　既然如此，很顯然的，對大多數現代居民而言，隱退到黑森林農舍或任何其他地方是不可能的（雖然我居住的西威爾斯〔West Wales〕有許多跡象顯示，人們從英國東南部都市移居此地，尋求某種地方依附感）。但是我們周遭有各種進行中的努力，促使地方更具特色和能見度，提供自豪感與歸屬感。如哈維所述，這時常採取「襲產」（heritage）的形式，爲當地居民和遊客提供根著於過往和地方的感覺。都市地區清理一番，被當成襲產區來推銷（我想到的是聖地牙哥煤氣燈區〔gaslight district〕、倫敦柯芬花園〔Covent Garden〕或波士頓的法尼爾廳地區〔Faneuil Hall area〕）。指示牌刊載著詳盡的「舊世界」地圖，以及有關某個特殊地方的歷史細節。這一切都是尋找「眞實性」與根著性的一部份。當然，很諷刺的，由於我們已經無法將「存在於地方」視爲理所當然，這一切才有必要。

　　不過，加諸地方的新價值，不單是嘉惠遊客。對那些想要對抗全球資本主義的永在勢力的人來說，地方也成爲一

種政治象徵。如哈維指出的，塞爾（Kirkpatrick Sale）深受感動，在《國族》（*The Nation*）裡寫道，「提供救贖希望的唯一政治願景，就是奠基於認識地方、根著於地方、獻身於地方，以及再神聖化**地方**之上」（Harvey, 1996: 302）。

61　　　　針對為何地方在當代世界變得更加重要，而非較不重要，這提出了第二種分析。海德格所抱持的，以及許多後繼作者從他那裡汲取的，就是某種抵抗或拒絕任何簡單的資本主義（或現代主義）地方建構邏輯的可能性。於是，結果是科技理性、商品化與市場價值，以及資本積累對於社會生活的日漸市場滲透……連同時空壓縮，將激起逐漸聚焦於另類地方建構的抵抗……許多基進和生態運動裡，對於真實社區感，以及與自然的真實關係的追尋，正是這種感受力的尖端。

（Harvey, 1996: 302）

在世界上尋找真實的地方感，就是哈維（依循威廉斯〔Raymond Williams〕的看法）所謂「戰鬥性的特殊主義」（militant particularism）。這個詞指出了地方特殊性的政治用途，乃是一種反對全球資本主義勢力的抵抗形式。世界各地的群體，都曾經或正在嘗試建造自己的地方與社區，以便過跟大眾不同的生活。公社、有機農場、旅行者社群、

都市鄰里群體和宗教飛地（enclave；譯按：原指本國境內隸屬另一國的領土），都是這種事例。此外，哈維繼續說，地方常常被視爲「集體記憶的所在」──透過連結一群人與過往的記憶建構來創造認同的場址。

於是，地方感的保存或建構，是一種從記憶到希望，從過往到未來的旅途中的積極時刻。而且，地方的重構可以揭露隱藏的記憶，替不同的未來提供前景。建築裡所謂的「批判地域主義」（critical regionalism），經常召喚起鄉土傳統和地方圖像，被認為是反對商品流動和貨幣化的抵抗政治基礎。「戰鬥性的特殊主義」掌握住地方品質，復活了環境與社會的紐結，並試圖使建構時空的社會過程轉向截然不同的目的。隨著認同轉變，通往未來的政治軌跡重新界定，某些記憶便遭到壓抑，其他記憶則自幽暗處拯救回來……因此，想像的地方、烏托邦思想，以及無數人民的慾望，都在激活政治上扮演了要角。

（Harvey, 1996: 306）

對哈維而言，想像地方的建構非常重要（事實上，他隨後針對這個主題寫了一整本書，名爲《希望的空間》〔*Spaces of Hope*, Harvey, 2000〕）。就是在這些想像地方裡（有時候做爲烏托邦社區而部分實現），人們將反對廣大的資本

62

主義積累世界的抵抗付諸行動。然而，利用地方來抵抗全
球資本勢力的，不僅是以另類生活風格過活的一小群人。
主流宗教和國族也需要利用地方來強調它們自認的特色，
以及承受廣大壓力的獨立自主。因此，國家會投資於紀念
物、雄偉建築和其他計劃，使國族地方充滿意義與記憶，
從而穩固它們的權力和權威。在英國，工黨政府在倫敦東
區建造千禧穹頂，藉以引發國族榮耀感，並且投射到廿一
世紀的未知將來。在許多方面，這種對於地方的投資，與
基爾福特居民保護和促進他們在巴爾的摩的小地方的嘗
試，有不少共通點。

　　這種認為地方可以毫無疑問代表特定一群人的記憶與
認同的觀念，哈維並不贊同。他認為，集體記憶往往透過
生產特定地方而得以具體化，這一點或許沒錯，但是這種
地方記憶的生產，只不過是延續特殊社會秩序的一種元
素，試圖犧牲其他記憶來銘刻某些記憶。地方不會一出現
就自然具有某些記憶依附其上，相反的，地方是「競逐定
義的爭論場域」（Harvey, 1996: 309）。他以雅典衛城
（Acropolis）為例來說明。雖然有人認為這座遺址代表了一
種獨特而不同於世界其餘部分的特殊希臘，但其他人則堅
稱，這個地方乃是更廣泛意義下「西方文明」的寶庫。

雅典衛城背負的重擔，就是它同時「屬於」截然分歧的想像社群。至於它「真正」屬於哪個社群的問題，沒有直截了當的理論答案：答案取決於政治爭論與鬥爭，因此，是相當不穩定的決定作用。

(Harvey, 1996: 310)

　　總而言之，哈維將地方描繪成現代與後現代生活深刻曖昧的一面。一方面，在抵抗全球資本流通上，投資於地方可以發揮一定作用，但是另一方面，人群定義自己以對抗未含納於特殊地方願景中的威脅性他人，在這樣的世界裡，投資於地方往往是一股排外力量。另一方面，那些試圖關注以地方為基礎之存在的固著性（fixities）的人，則認為全球化流動引起了焦慮。

　　在許多方面，瑪西的論文是對這種想法的回應，這個回應取決於將地方重新定義為一種包容且進步的社會生活位址。這篇論文與 1993 年《繪製未來》（*Mapping the Futures*）論文選裡的哈維論文一起出現。以下幾乎包括了她的整篇論文。

63

全球地方感

大家常說，這是個事物加快速度，並且傳播出去的時代。資本正經歷國際化的新面貌，尤其是在金融方面。更多人愈加頻繁地從事更遙遠的旅程。你的衣服可能是在各國加工製造，包括拉丁美洲和東南亞。晚餐有自世界各地運送而至的食物。而且，如果你的辦公室有個螢幕，現在你會被電子郵件打斷，而非拆開一封（由英國郵局轉交）橫越國境、花費數日而至的信件。

這種當前時代的觀點，現在屢屢可見於各式各樣書籍期刊。大部份有關空間、地方和後現代時期的文獻，都強調馬克思所謂「以時間消除空間」的新面貌。這些文獻提出論點指出，或通常只是聲稱，這個過程獲得了新的動能，達致新的階段。有人稱這個現象為「時空壓縮」（time-space compression）。這類說法得到普遍接納，可以證諸文獻裡幾乎有如義務一般地使用諸如加速、地球村、克服空間障礙、水平線的斷裂等字眼和詞句的現象。

這種論調的一個結果就是，對於我們使用「地方」時意指為何，以及我們如何連結上地方，都更加不確定了。面對這一切移動與混雜，我們如何能保留在地的地方感及其特殊性？認為地方（理當）由一致且同質的社群所居住的（理想化）時代觀，被用來平衡當前的零碎分裂。當然，這個對抗立場無論如何都是曖昧不明的；「地方」與「社群」鮮少相接並存。不過，偶爾渴望這種一致性，卻是我們時代地理碎裂、空間斷絕的跡象。而且它有時也是造成防禦和反動式回應（某種國族主義形式、為重拾消毒過的「襲產」而感傷，以及公然敵視新移民和「外來者」）的一部份。這種反應的

後果之一是，有些人開始將地方本身、對地方感的尋求，視為必然是反動的。

但是否必然會如此？難道不能重新設想我們的地方感？地方感不可能是進步的嗎？不是自我封閉並處於防禦姿態，而是積極外向的？一種足以因應時空壓縮時代的地方感？首先，我們要探討某些有關時空壓縮本身的問題。誰經歷了時空壓縮，以及如何經歷？我們是否都以相同的方式受惠於時空壓縮，並因之受苦？

比方說，這個當前流行的時空壓縮的特性描述，在多大程度上表達了濃厚的西方、殖民者觀點？許多談論這個主題的作者，看到曾經熟悉的當地街道，現在滿佈了一連串文化輸入品，例如披薩店、烤肉店（kebab house）（譯按：kebab 是一種將調味好的肉穿刺在鐵叉上烤，然後加在料吃的土耳其菜）、中東銀行的分行時，他們感受到的混亂，對於全世界被殖民者而言，雖然是以不同的觀點視之，但一定早已經持續了好幾個世紀。被殖民者看著先是歐洲殖民的產物，也許是英國產品（或許甚至是二手貨，從新的運輸形式到肝鹽和布丁粉）輸入，後來是美國產品，這時，他們學著吃小麥，而不吃米飯或玉蜀黍，習於喝可口可樂，就像我們今天嚐試墨西哥的因奇拉達（enchiladas；譯按：一種墨西哥食物，用扁玉蜀黍餅（tortilla）捲起來，裡面塞肉或起司等作料，加上咖哩調味）一樣。

此外，除了質疑時空壓縮觀念的族群中心特性（ethno-centricity）及其當前的加速，我們也有必要探問它的原因：決定我們的移動程度、影響我們對空間與地方感受的是什麼？時空壓縮這

個字眼指涉了橫跨空間的移動與通訊、社會關係的地理延伸，以及我們對這一切的體驗。通常的解釋是，這些事物壓倒性地由資本的行動決定，並導源於當前漸增的國際化。根據這種詮釋，促使世界運行轉動，以及促使我們環繞（或不環繞）世界而行的是時間、空間和貨幣。決定我們對於空間的認識和經驗的，據稱是資本主義及其發展。

然而，這種論調顯然並不充分。還有許多其他事物明顯影響了這種經驗，比如說「種族」和性別。我們在何種程度上可以穿越不同國度，或是夜間在街上行走，或是搭乘公共運輸，或是在外國城市裡離開旅館探險，不僅僅是受到「資本」影響而已。例如，種種調查研究顯示，女性的移動性不是受到「資本」限制，而是受男性所限（以無數迥異的方式為之，包括身體暴力和目光盯視，或者就只是令女人感到「不得其所」）……單單訴諸以「貨幣」和「資本」而論的解釋，無法真正掌握這個議題。當前的加速或許強烈取決於經濟力量，但不單只有經濟決定我們的空間與地方經驗。換言之，而且簡單的說，關於我們如何經驗空間，除了「資本」以外，還有更多決定因素。

……

假想一下，你在一個人造衛星上，位置很遠，超過了任何真正的衛星；你可以從一段距離外看到「行星地球」，對於只懷抱和平意圖的人來說很希罕的是，你配備有一種使你在儀表板上看到眾人眼睛顏色和他們數量的技術。你可以看到一切移動，並且可以將頻率調整到正在進行的一切通訊。最遠處是衛星，然後是飛機，倫

敦和東京之間的長途飛行，以及聖薩爾瓦多（San Salvador）到瓜
地馬拉市（Guatemala City）的短程飛航。其中有些是人的移動，
有些是實質的貿易，有些是媒體的廣播。有傳真、電子郵件、電影
發行網、金融流動和交易。再靠近些看，有船和火車，在亞洲某地
有蒸汽火車沈重費力地爬上山坡。再更靠近一點，有卡車、汽車和
巴士，再往下去，在撒哈拉沙漠以南的非洲，眾多女人之中有個步
行的女人，每天還是花好幾個小時取水。

現在，我要提出一個簡單的論點，這是有關或可稱為**權力幾
何學**（power-geometry）的東西；時空壓縮的權力幾何學。不同
的社會群體與個人，以不一樣的方式，被擺放在與這些流動相互連
結的關係裡。這個論點不僅是關切誰移動和誰不移動的議題，雖然
這是重要元素；這也牽涉了與流動和移動相關的權力。不同的社會
群體和這種無論如何都有所分化的移動能力（mobility），有不同的
關係：某些人比其他人擔負更多的責任；某些群體發動了流動和移
動，其他群體則沒有；某些群體比較是位於接收端；有些群體則被
這些流動牢牢囚禁住了。

在某種意義上，在這整個光譜的終端，是那些同時從事移動
和通訊的人，以及那些以某種方式位居控制地位的人。這些人是搭
噴射機旅行者，是收發傳真和電子郵件，手裡握著國際會議電話的
人，是發行電影、控制新聞、組織投資和國際貨幣交易的人。在某
個意義上，這些人是真正掌控時空壓縮的群體；他們可以有效地利
用它，並將之轉變為利益優勢，時空壓縮非常明確地增加了他們的
權力和影響力。在比較單調貧乏的邊緣，這個群體可能包括了相當

數量的西方學院人士和新聞工作者，換言之，就是那些書寫最多時空壓縮現象的人士。

但是，有一些群體雖然也從事許多物理移動，卻根本不是以相同方式「掌控」這個過程。來自薩爾瓦多或瓜地馬拉的難民，以及來自墨西哥米丘康（Michoacán）的非法移民勞工，湧入帝華納（Tijuana），不顧性命地衝過美國邊界，攫取新生活的機會。這裡的移動經驗很不一樣，而且混雜了多樣文化。還有來自印度、巴基斯坦、孟加拉和加勒比海的人，跑了大半個世界，最後被拘留在希斯洛（Heathrow）機場的審問室裡。

另外——又是不同的實例——還有那些只位居時空壓縮接收端的人。住在英國任何一個內城的臥房兼起居室裡領養老金的人，從中國外帶餐廳裡買英國勞工階級風味的炸魚和薯條吃，在日本製電視機上看美國影片；而且天黑以後不敢出門。反正公共運輸的經費也削減了。

……

換句話說，這是一種極度複雜的社會分化。在移動和通訊程度的向度上，也在控制與發動的面向上有所不同。人群被安插與擺放進「時空壓縮」的方式十分複雜，變化多端。

……

然而，思索時空壓縮的方式，促使我們回到地方和地方感的問題。在這一切社會分歧的時空變遷脈絡下，我們要如何思索「地方」？在據稱「在地社區」似乎逐漸分崩離析的年代裡，你可以出國並發現和家鄉一樣的商店、一樣的音樂，或者就在路旁一家餐館

吃到你最喜歡的異國假日食物——而且每個人對此都有不同經驗——我們如何在這樣的時代思索「地域性」（locality）？

很多描寫時空壓縮的人，強調其效應會有不安全和不穩定的衝擊，它可能產生一種脆弱感。因此，有些人據此繼續主張，在這一切流變中，我們迫切需要一點祥和與寧靜，而且強烈的地方感和地域感，可以形成一種躲避喧鬧騷亂的庇護所。所以，尋找「真正的」地方意義、發掘襲產等，某種程度上可以解釋為是回應了置身這一切移動與變遷中，那種渴求穩定性和認同安全感的慾望。「地方感」與根著感，在這種形式和這種詮釋下，可以提供穩定性及毫無疑問的認同泉源。然而，這種樣貌下的地方和空間上的地域，遭到許多進步人士拒斥，視為幾乎必然是反動的。地方被詮釋為一種逃避；退出（事實上無法避免的）「現實生活」動態與變化，但「現實生活」卻是我們如果想要有所改善，就必須掌握的東西。在這種解讀裡，地方與地域性是某種脫離世界真實事物的浪漫化逃避主義的焦點。「時間」等同於移動與進步，「空間／地方」則形同停滯和反動。

這種論調有些嚴重的失當之處，包括為什麼要假設時空壓縮會造成不安穩的問題。我們有必要面對——而非只是否認——人們依附於不管是地方，還是其他任何事物的需要。即使如此，此刻確實再度出現了某些很有問題的地方感，包括了反動的國族主義和相互競爭的地域主義，以及對「襲產」的內省式執念。因此，我們必須以一種適當的進步地方感（progressive sense of place）來思考，這能夠契合當前全球一在地的時代，以及其中引發的感覺和關

67

係，而且，這種地方感概念也能夠在我們終究無可避免的、以地方為基礎的政治鬥爭上，發揮效用。問題是，如何掌握地理差異、獨特性，甚至是根著性（如果人們想要的話）的概念，卻不會走向反動。

上述「反動的」地方觀在幾個不同方面引起了爭議。其中之一是地方具有單一且本質性認同的觀念。另一個是地方的認同——地方感——乃是從一種內省的、朝內看的歷史建構而來，這種歷史奠基於挖掘過去，以探尋內在化的起源，從英格蘭土地勘查記錄書（Domesday Book；譯按：由英國征服者威廉〔William the Conqueror〕下令，大約於 1086 年編成，確定土地所有權、範圍及價值等的英格蘭土地勘查記錄書）裡傳抄姓名……。地方概念還有一個特殊問題，就是地方似乎需要劃定邊界。地理學家一直致力於界定區域的問題，而這個「定義」的問題，幾乎總是被簡化成圍繞著一個地方來劃界線的議題……。但是，那種環繞著一個地區的界線，卻準確地區別了內外。它還很容易變成另一種建構「我們」和「他們」之間對抗位置的方式。

然而，如果我們考察的是幾乎任何真實地方，而且主要不是由行政或政治疆界所界定的地方，這些假定的特徵就沒有什麼價值了。

舉個例子，沿著我家當地的購物中心，基爾本公路（Kilburn High Road）走走。那是一個相當平凡的地方，位居倫敦市中心西北邊。在鐵道橋下，報攤販賣來自我的鄰居稱之為愛爾蘭自由邦（the Irish Free State）每一郡的報紙，許多鄰居本身就來自那個地

區。公路沿街的信箱，有許多只是牆上的空洞，都裝飾著 IRA 的字母。其他可利用的空間張貼著本週海報，紀念一場特殊集會：絕食抗議十週年。莫里斯（Eamon Morrissey）在當地戲院上演獨角戲；國家俱樂部（National Club）安排湯恩斯（Wolfe Tones）的戲碼，在黑獅子（Black Lion）上演芬尼守靈記（Finnegan's Wake）。我在兩間店裡注意到本週樂透彩券贏家：一家店裡的姓名是葛里森，另一家是哈森。

你從報攤走對角線穿越馬路，穿過經常是堵塞不動的車陣，會有一間店，從我能記得的時候起，櫥窗裡都展示了紗麗（saris；譯按：一種印度女裝，以長布製成，穿著時半披半裹）。有四個真人大小的印度女模特兒，以及許多布匹。門上招貼預告一齣即將在溫伯里圓形劇場（Wembley Arena）舉辦的音樂會：米蘭德（Anand Miland）飾演瑞克哈（Rekha），還有勘恩（Aamir Khan）、邱拉（Jahi Chawla）和坦當（Ravenna Tandon）一起演出。另一則廣告寫道，本月底以前，「所有印度人都受到熱誠邀請」。在另一個報攤，我和老闆閒聊，他是穆斯林，因為波斯灣戰爭而感到十分沮喪，為了不得不賣《太陽報》（Sun）而生悶氣。頭頂上總是至少有一架飛機，我們好像是位居到希斯洛機場的航線底下，飛機經過基爾本時，你可以清楚辨認是哪家航空公司，在辛勤購物時，猜想飛機來自何方。在底下，交通混亂（時空壓縮的另一個奇特效果！）的原因，部份是因為這裡是進入和逃離倫敦的主要道路之一，通往史鐵坡角（Staples Corner）的道路，以及往「北方」的 M1 公路起點。

68

⋯⋯

我對基爾本這個地方有很深的感情；我在這裡住了很多年。它確實有「自己的性格」。但是，即使不同意上述所有靜態與防衛（以及該意義下的反動）的「地方」概念，也可以感覺到這一切。首先，雖然基爾本可能有自己的性格，但是它絕對不是一種沒有縫隙、連貫一致的認同，一種每個人共享的單一地方感。它根本不是這種樣子。大家到這個地方的路徑，他們最喜歡去的所在，他們所造成的此地和世界其他地方的關連（物理上的，或利用電話和郵遞，或在記憶和想像中的關連），都有很大的差異。如果現在承認了人有多重認同，那麼地方也可以說有多重認同。再者，這種多重認同可以是豐富的泉源，也可以是衝突的肇端，或者兩者皆是。

這裡的問題之一，乃是持續將地方與「社群」（community）視為同一。但這是種錯誤認同。一方面，社群可以不必位居同一個地方而存在——從氣味相投的朋友網絡，乃至於主要宗教、族群或政治的社群。另一方面，地方容納了做為連貫一致之社會群體的單一「社群」，我認為這種例子或許一向就很罕見。此外，即使真有這種地方存在，也絕不意味有單一的地方感。因為人群在任何社群裡都會佔據不同位置。我們或許可以拿一個小礦村（至少符合流行想像的）相對穩定和均質的社群，來跟基爾本的雜亂混和對比。均質嗎？「社群」也有內部結構。舉個最明顯的例子，我確信採礦村裡女人的地方感（她通常移動的空間、聚會地點，與外界的聯繫），不同於男人的地方感。他們的「地方感」會有所不同。

此外，不單單「基爾本」有許多不一樣的認同（或者，其完

整認同是所有這一切複雜的混和），而且照這樣看來，它絕非內向封閉的。如果沒有將大半個世界以及眾多的英國帝國主義歷史納入考慮，就（或應該）不可能開始思考基爾本公路（這當然也適用於採礦村）。以這種方式來想像，就誘發你（至少是我）興起一種真正的全球地方感（global sense of place）。

最後，相較於以防禦、反動的觀點來看待地方，我實在沒辦法藉由劃出封閉的邊界來界定「基爾本」，也不想這麼做。

所以，論證至此，回到你在衛星上的心靈之眼；再次到太空去，然後回望地球。不過，這一回不要只是想像所有的實質移動，也不要只想像通常看不見的通訊，而特別要想像所有的社會關係，所有的人際聯繫。將所有那些不同的時空壓縮經驗填補進去。因為正在發生的是，社會關係的地理形勢正不斷變動。在許多情況裡，這種關係逐漸在空間上伸展開來。經濟、政治與文化的社會關係，每一種都蘊含了權力，也有支配與從屬的內在結構，在每個不同層次上擴延整個星球，包含了家戶、地區和國際。

從這個視角看，我們可以預見另一種對地方的詮釋。在這種詮釋中，賦予地方特殊性的不是某種長遠的內在化歷史，而是這個事實：地方是由在特定地點會遇並交織在一起的社會關係之特殊組合構成的。如果從衛星上往地球靠近，在腦海裡掌握住一切社會關係和移動與通訊的網絡，那麼，每個地方都可以視為是這些網絡交織而成的一個特殊的點。實際上，這是個**會遇**地方。因此，不要將地方想成是周圍有邊界的地區，而可以想像成是社會關係與理解的網絡中的連結勢態（moment），但是這些關係、經驗和理解中，

69

其實有很大的比例，是在一個比我們在那個時刻界定的地方還要大的尺度上建構出來的，不論這個地方是一條街，一個區域，或甚至是一個大陸。而這麼做，便容許地方感是外向的，覺察到與廣大世界的關連，並以積極正面的方式整合了全球和在地。

　　這並不是儀式般地搭連上「廣大系統」的問題——像是在當地會議裡，每當你試圖討論垃圾收集時，都提出國際資本主義的那種人——重點在於，任何當地地方及其所在的廣大世界之間，都有具有真實內容的真實關係，包括了經濟、政治、文化。經濟地理學裡長期以來廣為接受的論點是，如果只看到內城，就無法理解「內城」，例如內城的失業，製造業就業的衰頹。任何適當的解釋，都必須把內城放在廣大的地理脈絡裡。我們或許可以思考一下，這種理解如何能夠延伸至地方感的觀念。

　　於是，這些論證突出了某些進步的地方概念可以發展的道路。首先，這種概念絕對不是靜止的。如果地方的概念可以用地方所綁縛的社會互動來掌握，那麼這些互動本身也不是在時間中凍結的靜止事物。它們是過程。馬克思主義者的交談中，最偉大的妙語之一，一直是「啊，資本不是一件東西，而是一個過程」。也許，地方也應該是這個樣子；地方也是過程。

　　其次，地方不必要有框限封閉地區的分隔邊界。當然，「邊界」可能是必須的，例如，為了某種類型的研究，但是，邊界對地方本身的概念化是不必要的。這種意思下的定義，不必透過與外界的簡單對抗位置來達成；其實，這種地方的定義，有部份正是**來自**與「外界」相連結的特殊性，此際，外界本身就構成了地方的一部

70

份。這樣一來,就避免了將可穿透性和脆弱性連繫在一起。正是這種封閉特性,才使得新抵達者的侵入如此具有威脅。

第三,很顯然的,地方沒有單一、獨特的「認同」;地方充滿了內在衝突。例如,只要想一下倫敦船塢區(Docklands),這個地方目前很清楚就是由衝突**界定的**:有關它的過往是什麼的衝突(它的「襲產」性質),有關現在的發展應該如何的衝突;以及有關未來將會如何的衝突。

第四點也是最後一點,前述一切並未否定地方,或地方特殊性的重要。地方的特殊性不斷被再生產,但這種特殊性並非源自某種長遠、內在化的歷史。這種特殊性對──地方的獨特性對──有好幾個根源。事實是,地方所在的廣大社會關係本身,在地理上也有所分化。(經濟、文化或任何其他方面的)全球化並未單純地引致同質化。相反的,社會關係的全球化,是另一種地理不均發展(再生產)的根源,亦即地方特殊性的根源。地方的特殊性導源自下列事實:每個地方都是更廣大與較為在地的社會關係之獨特**混合**的焦點。有個事實是,在某個地方混雜在一塊,就會產生其他地方不會出現的效果。最後,這一切關係都會和此地累積的歷史互動,產生更進一步的特殊性,而可以將這段歷史本身想像為當地的連繫,以及與世界的不同連繫層層疊合的產物。

在描繪科西嘉(Corsica)的書《花崗岩島》(*Granite Island*)裡,凱林頓(Dorothy Carrington)提到她在島上旅行,試圖找出其獨特性的根源。她探究了所有不同層次的人群和文化;十三、十四和十五世紀,與法國、熱那亞(Genoa)和阿拉貢(Aragon)

的長期紛亂關係，往前回溯是被併入拜占庭帝國，再早一些是受汪達爾人（Vandals）支配，再前面是羅馬帝國的一部份，在這之前，則有迦太基人（Carthaginians）與希臘人的殖民和定居……一直到我們發現……甚至巨石建造者（megalith；譯按：指史前時期的巨石遺跡）也曾經從其他地方來到科西嘉。

這種地方感，這種對於「它的性格」的理解，只能藉由將這個地方與其他地方連結起來，才能建構出來。進步的地方感必須認識到這一點，卻不會受其威脅。在我看來，我們所需要的是對於在地的全球感受（a global sense of local），對於地方的全球感受。

71　　瑪西在這篇論文的第一步，就是質疑有關時空壓縮與全球化的主導假設。如同我們在哈維的論文裡見到的，這些人員、資訊、產物和資本的全球流動，往往被視為引發了焦慮，是必須加以抵抗的勢力。瑪西的看法不同。她認為，這種觀點是純粹就資本主義來看待全球過程的產物。然而，她指出，全球過程也跟性別和種族有關。世界上遍及各地的移動性，太常被描繪為源於資本轉化的普遍狀況。哈維可能會同意，移動性往往隨著種族和性別而分化，但這些不是他強調的面向。瑪西以各種方式移動的人為例，顯示人移動的原因根本就不是均質的。有些人被迫遷移，有些人任意移動，其他人實際上被迫滯留不動。瑪西指出，單純將地方表面上的固定性與全球經濟表面上的流動性對立起來，就會錯失人

群移動經驗的特殊性。

　　瑪西舉了許多很容易產生關連的例子，我們都可以想到其他事例。例如，全球菁英與「寓居國外者」（ex-pats），比如住在香港或新加坡的菁英，以及服侍他們的人——來自菲律賓的家庭幫傭，或是在遍佈全球的凱悅（Hyatt）與馬力歐（Marriot）飯店裡，照料他們下榻房間的清潔工和女僕——兩方之間的關係。他們都有移動性，卻有著十分不同的方式和理由。若將他們視爲只不過是資本全球化的片斷，就沒有掌握到重點。在這些例子當中，也有清楚的性別和種族議題。已開發西方世界中，商務飯店裡的清潔工和女僕，通常來自較少開發世界的貧窮移民女性。房間裡的人來自不同世界。旅居香港的社群是富裕且佔優勢的白人男性。家庭幫傭則不然。瑪西用「權力幾何學」（power-geometry）一詞，描述人群的複雜移動如何充滿了權力，這不僅是資本的議題，也牽涉了其他無所不在的社會關係形式。

　　瑪西的下一步則是指出，我們以這些方式重新考慮「時空壓縮」與「全球化」的同時，也必須再次思索地方。她注意到回應時空壓縮的方式之一，乃是引導人們尋找「一點點祥和與寧靜」，並退隱到浪漫地方感的焦慮感，這很像哈維勾勒的圖像。瑪西指出，這種撤退幾乎必然是反動的。她援引國族主義、襲產運動，以及恐懼外人，做爲反動退隱至地方的例子。這一切在她寫作的 1990 年代早期

72

都非常顯而易見。現在，我們可以想見在英國對於「尋求政治庇護者」幾乎病態的仇視、美國 911 事件後更普遍的仇外，以及可能移往澳洲的阿富汗移民的待遇，都是類似性質的撤退實例。

　　然而，瑪西認為，將地方單純視為針對動態且移動之世界的靜止與根著反動，這種見解有不少問題。首先，實情或許是，人類確實需要某種地方感以便堅持下去——即便是對「根著性」的需求——但這種需要不見得總是反動的。其次，全球移動的流動與變遷，可能不必然會引發焦慮。這種令哈維不安的反動地方感，在瑪西看來，至少是由三種相互關連的思考方式標明。

1. 地方與單一認同形式的緊密關連。
2. 顯示地方如何真實地根著於歷史的慾望。
3. 將一個地方與外界隔開的清晰邊界感的需要。

　　第一種思考方式說明了，特定地方具有單一認同——紐約意味這種認同，威爾斯指涉那種認同。這些認同往往奠基於種族觀念。例如，國族尺度的地方經常發揮了將特定「種族」或族裔團體連結上特定地域的作用。所以，前英國首相梅傑（John Major）的著名主張，認為英國是「攸長陰影灑落在郡立板球場、溫啤酒、美不勝收的綠色郊區、愛狗人士，以及——如喬治・歐威爾（George Orwell）所言——騎著單車穿越晨霧、前往參加領聖餐禮（Holy

Communion）的老女僕身上」的國度。顯然不是每個人都對英國抱持這種觀點。不過，認爲特定人群憑藉自身猶如與生俱來的「文化」，歸屬於某個特定地方，這種想法卻很普遍。歷任的美國總統也曾針對美國提出類似聲明。雷根在 1980 年 9 月的一場電視辯論裡說道：

> 我總是相信這片土地是經由某種神聖計劃而安置於此，介於兩大洋之間。安置於斯的土地，有待某種特殊人民的發現，這是分外熱愛自由的人民，擁有離鄉背井的勇氣，來到一開始最欠開發的荒野之境。我們操許多方言——在東岸登陸，然後前行越過群山、大草原和沙漠，還有太平洋的遠西山脈，興建城鎮、農場、學校與教堂。

正如梅傑利用發展完善的刻板印象，認爲英國是獨特的地方，雷根也動員爲人長期懷抱的「美國」觀點，認爲美國是爲了特殊政治目標而成立的邊境國族（frontier nation）。有種幾乎形同常識的做法，將特殊認同映繪於世界上。我們在第四章會看到，這種願景經常導致不符合這種認同的人，蒙受了令人髮指的待遇。

　　瑪西描述反動式地方感的第二個部分，就是持續想要展現地方及其認同如何根著於歷史。這一點解釋了國族與地方尺度上，對襲產的現代渴望。國族政府和文化菁英時常熱衷於將國族認同感根植於國族來自何方，以及前往何處的歷史故事（創造神話）中。爲了支撐這些故事，發明

73

了繁複的傳統。博物館展示了這些歷史。離我居住和工作
不遠處，有座稱為凱爾特（Celtica）的博物館，採用有關凱
爾特人的多采多姿神話——這是個半虛構的民族，被假定
替威爾斯（以及蘇格蘭、愛爾蘭、不列塔尼等）提供了根
深柢固的歷史襲產。這一點都不獨特，而且我猜和它一樣
的地方，可以在全球各地找到。這些歷史往往經過篩選，
並且排除了新近抵達者的經驗。回到「英國特性」的觀
念，保守的政治人物提彼特（Norman Tebbit）於 2002 年 9
月宣稱：「我父親的家庭於十六世紀來到英國，但我將盎
格魯—撒克遜（Anglo-Saxon）時期、阿弗瑞王（King Alfred）
及征服者威廉（William the Conqueror），視同我所繼承的一
部份」。他繼續說道，依他所見，英國在廿世紀晚期的挑戰
是：「說服這些人（移民）相信滑鐵盧（Waterloo）、特拉
法格（Trafalgar）與不列顛戰役（the Battle of Britain）是他
們襲產的一部份」。在這裡，一種特殊排外的襲產觀點，以
有效排除了大部分英國人口的方式，映繪於一個地方——
英國；對這些被排除的英國人而言，英國史的其他面向，
像是殖民主義、奴隸制度、經濟剝削，可能更直接相關。

　　地方的反動式定義的第三個議題，涉及了邊界。邊界
在瑪西的討論裡是個關鍵要素。她說得很清楚，她認為地
方非關邊界。她主張，邊界只不過區別了「他們」和「我
們」，因而促進了反動政治。當然，這一點不同於哈維的基
爾福特故事，也與基爾福特周邊圍牆與大門形式的實質邊

界興建有所區別。當然,有些地方擁有實質的邊界,其他
地方則無。國族國家擁有必須協商的邊界。國族內部的政
治實體也有正式邊界,我們往往不加注意就跨過了邊界。 74
然而,在較小的尺度上,我們常常被迫思索一個地方的起
點和終點。如瑪西指出的,把重點放在這個議題上,就很
容易否定眾多不斷穿越邊界的流動。然而,瑪西在此處的
批判有一點錯置,因為幾乎沒有地理學家(處理國族和次
國族邊界之地緣政治的地理學者除外)描寫地方的邊界。
例如,人文主義者大概最不可能宣稱地方有清晰明確的邊
界了。

　　瑪西對基爾本的描述,頌揚了多樣與混種。她的描畫
喚起了比鄰而居、一同工作的各色族群。她挑選的象徵是
愛爾蘭、穆斯林或印度生活的象徵。這很顯然不是一個試
圖與廣大世界疏隔的地方,而是由更廣大世界中,持續不
斷改變的元素組成的地方。瑪西的基爾本,用她的話來
說,是特定「社會關係星系」匯聚一地的「會遇地方」。她
對基爾本的觀察,吸引她朝向一種新的「外向」、「進步」
和「全球」的地方感,特徵如下:

1. 地方是過程。
2. 地方是由外界定義的。
3. 地方是多元認同與歷史的位址。
4. 地方的互動界定了地方的獨特性。

　　瑪西這種新地方定義，確實迥異於先前的定義。你大概記得，段義孚和瑞爾夫很清楚，當移動的過程與形式過分擴張時，便會與地方建構形成對立。法國人類學家歐苣也將旅行視爲建構非地方的動力。所以，這些描寫地方的作家，會如何理解瑪西使用地方一詞的方式呢？對於有可能了解「全球地方感」這種觀點的一項批評是，很難指明屬於全球地方感的任何特殊事物。傳統人文主義的地方定義至少有個優點，很清楚存在之根著感的重要性，並據以論證地方的重要性。瑪西的基爾本「地方」要素是什麼？地方只不過是一個區位裡許多不同流動的偶然聚集嗎？

　　當然情況也有可能是，世界各地許多人確實（以非反動的方式）投入尋找相對的固著。很少有不受全球商品、觀念和人員流動影響的地方，儘管如此，還是有很多地方有住了好幾代的家族，也有歡迎多一點全球化的地方。在這方面，我想到的市鎮是當地人會歡迎星巴克、麥當勞或美體小舖這類全球連鎖店來設立分店，但是當地經濟過度邊緣而蕭條，使得這些全球象徵不會在此落腳。我們在第四章會看到，某些群體如何以積極且包容性的努力，運用地方的歷史，或是促進特殊的地方觀念，做爲面對更廣大勢力時的抵抗與確認行動。換言之，少許的固著性或許不總是壞事。

　　在我看來，有許多情況端賴於我們選擇探查什麼特殊

地方事例。哈維和瑪西都選擇鄰近住處的特定地方來闡述
地方觀念——哈維描寫巴爾的摩的基爾福特,瑪西考察倫
敦的基爾本。很顯然,這兩個地方對作者而言,都有其私
人意義。但請注意這些例子有什麼差異。哈維的基爾福特
是個自認處於差異威脅的地方,並試圖創造清楚的邊界
(實際上就是有監控大門的圍牆),以便跟威脅性的外界區
別開來。另一方面,瑪西的基爾本則是徹底開放的地方,
以可滲透性爲其特色。因此,隨後比較理論性的地方考察
也不一樣,就不令人意外了。哈維認爲地方似乎過於反動
——過分奠基於將「他者」排除在外。另一方面,瑪西的
基爾本使她認爲,尋求地方認同是沒有問題的,因爲認同
從來就不固定,也不受限。

超越反動與進步的地方感

史托克紐溫頓(Stoke Newington)是北倫敦內城的一個
地區,最近正盛行縉紳化。新文化菁英伴隨他們昂貴而多
樣的餐廳、精品店和家具店,一起搬進來。

> 如果我們相信權威人士的話,史托克紐溫頓已經到了。沿著
> 教堂街,也就是這個區域的兩個購物中心裡比較時髦的地帶閒逛,

就可以確認這種懷疑。現在有間風箏店取代了老理髮師，熟食店取代了肉販。販售炸魚和炸薯條的小店早已消失不見，代之以（保證很昂貴的）印度餐館，而在書店裡，不再需要透過佛西斯（Frederick Forsyth）來找尋很難找到的佛斯特（Forster）袖珍選集了。

(May, 1996: 197)

梅伊（Jon May）在那裡進行他的博士研究，發現史托克紐溫頓的地方政治，可能會使我們面對地方時，當心把所有蛋放在一個理論籃子裡的做法。他的研究涉及民族誌田野工作，以及針對當地居民的深度訪談（包括勞工階級與新文化菁英成員）。一對夫妻，保羅與佩特，回顧史托克紐溫頓的「往日美好時光」，這是個有凝聚力的勞工階級（白人）鄰里，居民彼此相識，無須緊閉門戶。對他們而言，地方變糟的主因是移民。他們指責移民（即非白人）帶來犯罪和社區的衰敗。

梅伊：因為一定是，你小時候，這附近一定全都是白人。

佩特：對噢，沒錯！確實如此。整個晚上不關前門也不要緊。你知道，就是沒問題。但現在！天啊，你得將所有東西上鎖。

(May, 1996: 200)

對佩特和保羅而言，史托克紐溫頓不是新穎且吸引多樣性的地方，而是衰退的地方，保羅蒙受當地工作市場減少之苦，十年內有過七份工作，其中有不少是兼職。保羅眼看著這個地區的「多樣性」，找尋為他自身岌岌可危處境負責的代罪羔羊。佩特和保羅的失落感，儘管顯然帶有種族歧視，但是很深刻。

> 保羅與佩特都目睹了他們成長的地區變得無法辨識，這種變化突然引起非常真實的失落感。佩特認為，這種褫奪權利的感受集中在主要街道上，這裡是她向來用以建構地方感的那些地標的所在，卻被其他人挪用，這裡是她覺得好像無處可去時的去處，卻好像替其他人提供了現成的地方感。
>
> （May, 1996: 201）

儘管佩特與保羅對於增加的移民（主要是庫德人〔Kurdish〕）人口與減弱的英國特性，感到絕望，但其他人卻受到此地吸引，因為這裡「喚起了失落的英國意象；一個更安穩的教區教堂與鄉村綠地的英國，回溯到這個地區做為『林中村』的創建時刻」（May, 1996: 202）。地方議會沿著街道安裝了仿製的煤氣燈，居民則忙著鋪設木質地板和愛家（Aga）廚具。為了推廣地區襲產，賦予兩條街（莎

士比亞步道〔Shakespeare Walk〕和米爾頓園林〔Milton Grove〕）史蹟保存的地位。梅伊訪問一位因為喜愛英國特性形象而剛搬進這裡的繪圖設計師（亞力士〔Alex〕）。請注意亞力士與佩特和保羅的觀點有何不同：

> 從教堂街過來，你拍了教堂尖塔、樹木和公園的美麗照片，還有那一切⋯⋯這是宛如明信片般美景的真實照片。唯一缺席的是板球場（cricket pitch）⋯⋯它是很典型的英國事物，而且你知道，我認為板球可能會繼續象徵英國特性。
>
> （引述亞力士，May, 1996: 203）

因此，亞力士幾乎將史托克紐溫頓視為刻板印象的英國特性化身，保羅與佩特卻只從缺乏相同的英國特性角度來看。亞力士的視野同樣奠基於種族同質性。這些看待地方的視野，都不能說是進步的。兩者都回顧過往，以便探求某種英國特性的感覺，卻採取迥然不同的目光。保羅與佩特企盼的過往，奠基於主要街道上的酒吧和街頭小店的勞工階級，亞力士卻付費購買（中產階級）教堂與鄉村特質的意象。這一點在他們對於一間過去稱為紅獅，但改名為喜鵲與殘株（Magpie and Stump）的當地酒吧的不同描述中，得到了最佳例證。亞力士認為，改名與重新裝修內

部，標誌了明顯的改進——變成亞力士稱爲「傳統的」舒適中產階級機構。在亞力士看來，這間酒吧改變以前，是個「大約有三個人待在那裡的可怕地方」。然而，保羅卻認爲這項改變正是另一個他知道的侵蝕地方的徵兆。紅獅是保羅成長的地方，是他會去玩射飛鏢的地方。喜鵲與殘株現在是間雅痞酒吧：「它過去是間不錯的酒吧，我是指紅獅，這是個酒吧的好名稱。喜鵲與殘株！爲什麼要引進雅痞名號，爲何不保留傳統的東西？！」（May, 1996: 203）。如梅伊所述：

> 因此，爭奪一個地區過往的戰役，在界定當地的地方感上至關重要。但是，爭論點不在於某些捉摸不定的歷史真實性問題，不是誰的昔日形象比較接近地區「真實樣貌」的問題。相反的，這是每一種視野扣接起來的物質政治問題。諷刺的是，史托克紐溫頓的中產階級居民打造出英國特性的感覺（透過對該地區過往的特定解讀而建構），直接促成了瀰漫在保羅與佩特先前說法裡的英國失落感，也使普遍撤退到「有界限」地方感神話的想法，變得更複雜。
>
> （May, 1996: 205）

一方面是保羅與佩特的地方感，另一方面是亞力士的地方感，此外，梅伊找到另一種思考史托克紐溫頓的方

78

式，偏向於瑪西的全球地方感。有些居民是**由於**感受到這裡的多樣性，才被吸引到史托克紐溫頓。亞曼達（Amanda）是另一位當地居民，她喜愛當地市場的景象與喧鬧。

> 我只是在那裡**學習**事物，我的意思是，這有時候真叫人謙卑……比方說，我和許多非洲人與西印度群島人交談，他們是工作上的同事和朋友，非洲人比較多，他們嘲笑我們是所謂的「文明化社會」，卻喪失了大部分自我。不管喪失的是精神部分，或是一點你無法真正……你知道，這不是邏輯，不是物質性的，這對我而言真是很新鮮。
>
> （引述亞曼達，May, 1996: 206）

　　梅伊認為像亞曼達這樣的人，享受一種美學化的差異──他們從人群中抽離，以各種多樣性為樂。梅伊認為，這是欣賞如畫美景般的多樣性，讓那些旁觀者擁有一種文化資本的感受，使他們因為有能力欣賞差異而產生了自我價值感。對亞曼達和其他人而言，「這個城市及居住其中的其他居民，都成了午後散步的景觀，對那些與衰敗內城鄰里的生活真相有適當隔絕的人來說，這是宜人生活風格美學的一部份」（May, 1996: 208）。

　　很重要的一點是，這種對於差異的審美欣賞感受，無法與哈維或瑪西的地方感協調一致：

　　這個地區的某些新文化階級居民提出的史托克紐溫頓意象，既非由某些人認定的完全「有界限的」地方感⋯⋯也不是出現了其他人支持的比較「進步的」地方感⋯⋯反之，有人主張，我們可能有必要辨認目前大家所汲取的多元地方認同，並且更仔細考慮這種認同的建構方式。例如，現在史托克紐溫頓的新文化階級居民享有對當地空間的控制，使得這類居民將史托克紐溫頓建構成一種「人可以完全掌握」的空間。雖然這處鄰里的歷史關聯可以支撐一種依神話鄉村英國圖像而建立的地方意象，但上述居民展現了對差異的慾望，這引領他們朝向更明顯的「全球地方感」。然而，後面這種地方認同的建構方式，根本談不上是進步的，這暗示我們在自動假設全球地方感能描述更進步的認同政治以前，或許必須更留意想像這些連結的方式，以及那是誰的想像。

(May, 1996: 210-211)

　　梅伊從事史托克紐溫頓及其居民的研究，提供了全球化世界中地方政治的第三種事例。不同於哈維和瑪西的論文，梅伊的論文乃是奠基於多年的民族誌田野工作，發現了人群與同一個地方有多重的關聯方式。邊界、根著性和連結的議題依舊，但人們以很複雜的方式來運用。單純、顯著的多樣性事實，不必然造成進步的地方感，往歷史尋根，也不必然是反動的。

結論

　　透過基爾福特、基爾本和史托克紐溫頓的例子來解說地方，透露出地方觀念有多麼複雜。這不是說，就單純的地方意義而言，這些是座落於倫敦不同地區與巴爾的摩的不同地方。它們與過去及其他或近或遠的地方，全都有複雜的關係。但這些解說也顯示了地方是認識世界的方式。瑪西將地方理論化，哈維與梅伊引領理論看到世界上這些地方的不同面向。不過，理論不只是知識分子的資產。史托克紐溫頓的居民，保羅與佩特、亞力士與亞曼達，也是日常生活理論家，他們用自己對地方的想法來支持他們居住的地方。和瑪西、哈維與梅伊一樣，他們也以不同角度來理解地方。

4

運用地方

截至目前爲止，本書討論了透過人文地理學史來思索
地方的概念問題。第二章考察了人文地理學與其他學科裡
的地方概念史，第三章檢視了近來面臨全球化下有關地方
性質的爭論。這一章則考察在研究中曾經使用及能夠運用
地方概念的方式。由於地方是非常廣泛的概念，所以這種
探究可能是個永無止境的工作。在某種程度上，大多數地
理研究就是有關地方的研究。如我們所見，許多地理學家
將這門學科定義爲地方研究。然而，這一章要考察的研
究，是將地方當做分析概念來使用，牽涉了在物質空間中
塑造意義與實踐的過程。這種意義下的地方研究，必然和

這些意義與實踐如何被生產和消費有關。記住這一點，本
章前半部分探究創造地方意義的研究。後半部則考察與地
方期待不一致的實踐，如何被貼上「不得其所」（out-of-
place；或譯：格格不入）的標籤，以及地方如何牽連於
「道德地理」的建構之中。

　　思索地方，以及運用地方來思考，不能輕易劃分為
「理論與實踐」。所以，雖然本章檢視經驗研究中使用地方
的方式，但這並不意味與看待地方的理論態度無關。研究
者選擇特定的地方研究計劃，深受他們在理論層次上採取
什麼地方觀點影響。所以，本章提供了重訪前幾章某些爭
論的額外機會。

創造地方

82

　　本章第一部份探討地方的生產。不過，重要的是記住
地方不像鞋子或汽車──地方不是來自工廠的成品。正如
普瑞德、瑪西和其他人在前幾章提醒我們的，地方往往處
於過程之中。地方顯然是經由文學、電影和音樂這類文化
實踐而創造，探究這些生產地方的形式，是當代人文地理
學的主軸（Burgess and Gold, 1985； Cresswell and Dixon,
2002； Leyshon *et al.*, 1998； Aitken and Zonn, 1994）。但
是，多數地方大半是日常生活實踐的產物。地方從未完

成，而是透過反覆的實踐而生產──日復一日重複看似尋常無奇的活動。我們已經知道，當前對於全球化世界中流動與移動過程的著迷，經常假定地方的終結與非地方的到來。然而，地方（甚至是相對穩定且有邊界的地方）還是至關重要。即使美國這個以不斷移動的意識形態為特色的地方，也是個只有百分之八人民持有護照的國家。阿肯色州（Arkansas）的小鎮，或甚至倫敦的都市鄰里，都可以相當程度的穩固性為特徵。我們以難以計數的不同方式，在各種尺度與各處創造地方。這一節區分為四組事例，對應了近來研究裡考察的創造地方的方式。第一個例子涉及了在移動與全球化的世界中，在房間與區域的尺度上，地方持續不變的重要性，第二個例子聚焦於記憶地方的生產，第三個例子檢視生活所在的地方認同生產，最後一個例子則考察更廣大的區域與國族國家尺度上的地方創造。

在移動世界中創造地方

　　加拿大地理學家普瑞特（Geraldine Pratt），研究了溫哥華的菲律賓契約勞工生活。她講述一位名叫梅（Mhay）的女人的故事。梅利用她雇主屋裡的一間房間，讓自己顯身現形。

　　我買了一幅裱框的圖畫掛在牆上。在這之前，四面牆都

光禿禿的。我這麼做並沒有告知他們，因為我想既然我
付了房租，應該有權對這房間做些處置。所以我佈置房
間、擺放家具和電視機〔按照我想要的方式〕。我把房
門打開，讓他們〔我的雇主〕可以看見我房裡的東西，
這個房間不再單調乏味了（引自 Pratt, 1999: 152）。

普瑞特在女性主義對「家園」概念的分析，以及混種
認同的後結構理論化脈絡下，檢視這項觀察。她追溯女性
主義如何批判段義孚在地方有如家的想法中，所稱頌的舒
適家園觀念。如我們所知，家是女性主義者，例如羅斯
（Rose, 1993）與羅莉緹絲（de Lauretis, 1990），深表懷疑的
對象。做為祥和且富有意義的庇護所的家園形象，被形容
為男性至上論的（masculinist）——掩蓋了家中權力關係的
真相，其極端情況還涉及了毆打和強暴。有些人認為，在
家這種地方，用瑪西的話說，「令單一性別感到困擾的訊
息，或許會——在認同和空間兩方面——持續下去！」
（Massey, 1994: 11）。不過，這並非普瑞特的觀點。她認為，
站在擁有安全家園者的立場，很輕易就可以對家提出理論
層次的陳述。相形之下，這名菲律賓家庭幫傭，梅，身為
持特別簽證進入加拿大的家庭幫傭，對家的權利要求卻相
當脆弱。梅的生活是一種移動與監禁的弔詭存在，對自己
的空間僅有最起碼的掌控——讓空間變成地方的小東西，

例如牆上的海報，變得舉足輕重。普瑞特要求我們思考地
方建構與邊界維繫在認同建構中的角色。

> 在我看來，藉由清楚勾勒區隔我和梅的生活的邊界，拆
> 解生產並包圍我們的移動與認同的社會—物質邊界層
> 次，才能夠建立溝通和合作的基礎。標示邊界、堅持差
> 異的物質性與持續性，可能跟以移動性、混種和第三空
> 間等觀念來模糊它們一樣，在政治上有生產性（Pratt,
> 1999: 164）。

　　普瑞特的觀察顯然是批判了當代理論對移動和混種的
強調──她指出即便是在一名移民勞工的世界中，地方和
邊界依舊很重要。在微觀層次上，研究弱勢者創造地方的
策略，就是地方觀念的有效利用。在此，普瑞特的家庭幫
傭研究，針對瑪西（Massey, 1997）描述且倡議的那種開放
而流動的地方，提出了重要的問題。

　　第二個例子來自艾斯柯巴（Arturo Escobar）。他關注
「全球化」一詞的霸權性全球流行，也關切如何可能藉由對
地方和地域重新燃起的興趣，來質疑空間領域中全球過程[84]
的過度偏重。

> 在地化的屬民策略（subaltern strategies）仍然有必要從地
> 方角度來看待；地方之間當然彼此關連並相互建構，然
> 而，那些建構導致了邊界、場地、選擇性連結、互動和

定位，而且在某些情況下，導致了創造歷史的技術更新
（Escobar, 2001: 169）。

正如普瑞特亟欲顯示，梅能夠在相對弱勢的脈絡下從
事地方建構，艾斯柯巴也主張雨林原住民社群，能夠在更
大的尺度上建構地方。在某個層次上，這是有關理解權力
與生活世界所必須的探究尺度的理論爭辯。在另一個層次
上，這是個政治計劃。在這個與多國彈性資本主義有關的
全球化形式盛行，而且看似弭平了差異──不只是世界銀
行和國際貨幣基金的發展要求──的世界上，或許重新將
焦點放在地方形構上，可以替「在地化」的屬民策略提供
基礎。艾斯柯巴指出新社會運動，尤其在拉丁美洲，是如
何「回歸地方」。他舉的例子以哥倫比亞太平洋雨林的黑人
社群爲中心。黑人社群進程（Process of Black Communities,
PCN）的行動分子連結了一組複雜的以地方爲根基的認
同，來對抗全球化勢力。簡言之，國家、資本和技術科學
著手進行的全球化策略，都試圖以非奠基於地方的方式，
來協商地域（locality）的生產，這種方式導致日漸升高的
去地域化效應。換言之，由上而下的全球化對地方特殊性
感覺遲鈍。全球資本並不關心哥倫比亞雨林區（或者，就
此而言的任何其他地方）的特殊性。同時，社會運動所採
取的在地化策略，則仰賴對地域、文化及生態的依附情
感。同時，他們環繞著生物多樣性的議題，活化了全球網

絡（例如在聯合國），藉此重申地方特色的重要性。要這麼
做，就要重視獨特生態區裡地方生產系統的獨特性，接合
地方市場，而非全球資本的需要。特定地方特有種堅果的
生產，即為一例。關鍵之一在於建構地方的「文化生態」。
艾斯柯巴描寫的地區稱為「太平洋生物地理」（Pacífico
biogeográfico），而行動分子創造地方的策略，有一大部分就
是仰賴獨特的生物資源。但是「黑人社群進程」不能只是
以此為基礎來生產與捍衛地方。弔詭的是，為了使在地化
得以發生，地方必須將自己投射到資本與現代性的全球尺
度上。這不只是以基於地方的真實性來取代全球挪用，而
是承認地方可以在超移動（hypermobility）的世界裡扮演策
略性角色。艾斯柯巴寫道，在理論上：

> 無論「全球」如何打造地方與區域世界，重要的是學會
> 看見以地方為基礎的文化、生態和經濟實踐，是重構地
> 方與區域世界的另類視野和策略。在社會層面上，有必
> 要考慮能夠使防衛地方——或更精確的說，地方的特殊
> 建構，以及這所導致的地方重組——成為可實現之計劃
> 的條件（Escobar, 2001: 165-166）。

　　普瑞特和艾斯柯巴以各自迥異的事例說明了，重新聚
焦於地方，如何可以質疑廣為接受的這個信念：地方、邊
界和根著性，都必然是反動或屬於往昔的事物。普瑞特的

家庭幫傭和艾斯柯巴的哥倫比亞行動分子，都從相對弱勢處境創造了地方，反制了全球化的負面效果。

地方與記憶

我們已經看到創造地方感的一個重要環節，就是關注特殊且經過選擇的歷史面向。在第三章，記憶和襲產的觀念位居辯論核心。地方與記憶似乎無可避免會糾結在一起。記憶看似私事——我們記得某些事，遺忘其他事。但記憶也有社會性。我們讓某些記憶消逝，不給予任何支持。其他記憶則獲得宣揚，以表徵某些事物。建構記憶的主要方式之一，就是透過地方的生產。紀念物、博物館、特定建築物（而非其他建築物）的保存、匾額、碑銘，以及將整個都市鄰里指定為「史蹟地區」，都是將記憶安置於地方的例子。地方的物質性，意味了記憶並非聽任心理過程的反覆無常，而是銘記於地景中，成為公共記憶。

> 假如地方替研究者提供了超載的可能意義，那麼使地方成為強大的記憶泉源、綿密相扣的織品的，正是地方對各種認識（視聽嗅味觸）方式的突襲。地方必須位居都市地景歷史的核心，而非佔居邊緣（Hayden, 1995: 18）。

86

一如海登（Delores Hayden）指出的，正是地方經驗的複雜性，使它成為記憶（再）生產的有效工具。在書上讀

到或在畫裡見到的過往呈現，是一回事，但是進入「地方
中的歷史」（history-in-place）領域，完全是另一回事。凱西
（Edward Casey）寫到「地方記憶」時，提出了類似論點。

> 主張地方乃經驗容器的不懈堅持，強力造就了地方令人難
> 以忘懷的本性。機敏而鮮活的記憶會自動與地方發生聯
> 繫，在地方裡頭找到有利記憶活動，並足以與記憶搭配的
> 特質。我們甚至可以說，記憶自然而然是地方導向的，或
> 者，至少是得到了地方的支撐（Casey, 1987: 186-187）。

回想紐約下東區的例子，有個以出租公寓區（Tenement
District）聞名的地區。貧窮移民往往在城市惡名昭彰的出
租公寓（通常與大家庭共用，塞滿狹窄生活空間的昏暗建
築）裡，找到第一個家。如果你現在造訪此地，你會發現
下東區出租公寓博物館（Lower East Side Tenement
Museum），一棟獲得保存的出租公寓，房間經過安排，以
便展示它們在這棟建築物歷史上不同時點的樣貌。這是個
令人印象深刻的記憶地方，因為它成功重建了居住此地的
可能景況。房間狹小、陰暗、不舒適，但充斥著一百年前
使用過的器物。海登反思這種經驗：

> 本世紀之交，典型的紐約出租公寓裡，許多人悲慘的棲
> 居所，是每年替房東帶來百分之廿五投資利潤的金錢機
> 器。由於只有最低限度的建築法規與安全管制的法令施

行，所以幾乎沒什麼理由拿維修費用來削減利潤。就地
方的感官經驗而言，這意味了什麼？比起任何書面記
錄，這棟建築物會是更具召喚力的泉源。我們可能會讀
到有害健康的生活狀況，但是站在出租公寓內部——整
個家庭大概有四百平方英呎生活空間，最基本的配管系
統，只有一兩扇對外窗戶——使訪客渴求空氣並找尋光
源。這棟建築物以某種方式傳達出幾十年來，生活在擁
擠和不健康的空間（做為勞動力再生產的一部份）裡，
幽閉恐懼症的移民經驗，文本或圖表都無法與之相提並
論（Hayden, 1995: 33-4）。

87　　這就是凱西所謂地方記憶的意思——地方有能耐使過往
於今日復甦，從而促進社會記憶的生產與再生產。然而，
下東區出租公寓博物館可說是相當罕見，因為它試圖將社
會底層的人群記憶銘刻於地方。記憶地方主要是用來紀念
歷史的勝利者。世界各城市裡不計其數的州議會大廈、博
物館和公共紀念碑，確保了記憶的特殊史觀——馬上馳騁
的英雄事蹟。下東區出租公寓博物館在很多方面與自由女
神像這類紀念雕像形成對比，後者通常用以表徵美國做為
歡迎移民之地的一套官方記憶。同樣的，附近的艾利斯島
移民博物館（Ellis Island Immigration Museum），把大部分對
美國移民的正面記述，描繪為成功與機會的故事。它包括
了一面「榮譽牆」（wall of honor），我們可以付一百美元，

將移民先祖銘刻牆上。將地方指定做爲女人、黑人、窮人與遭剝奪恆產者的記憶位址，不過是最近的事。就像巴爾的摩基爾福特的居民，試圖排除置身外頭的人，記憶地方也扮演了直接排除或在象徵上排斥痛苦或羞恥記憶的角色。

查理斯沃斯（Andrew Charlesworth, 1994）檢視了納粹集中營，波蘭的奧許維茲（Auschwitz）做爲記憶地方的角色。他的論文關注於地方及與地方相關的記憶發生爭論的方式。更明確的說，他主張自 1970 年代以降，有種使奧許維茲「皈依天主教」的一致努力──這種過程嘗試排除與邊緣化此地做爲種族滅絕場址的特殊猶太記憶。第二次大戰之前與戰爭期間，有四百萬人死於奧許維茲。百分之八十七受害者是猶太人，其中三分之一是波蘭猶太人。戰爭過後，蘇聯支持的波蘭共產黨政權選擇奧許維茲做爲記憶地方。這裡很適合他們的意圖，因爲可以將奧許維茲完全描繪成法西斯主義侵略的象徵。許多國家的猶太人在那裡慘遭殺害，而這個種族滅絕的國際面向，意味著政府能有效忽略受害者是猶太人的事實，反而是紀念他們來自世界各國。這個位址成了可以紀念西方侵略東歐國家的地方。查理斯沃斯敘述官方旅遊、宣傳材料、當地電影及特殊紀念活動，總是稱呼受害者爲「人民」和「受害者」，但從未稱爲「猶太人」。實際上，記憶地方發揮了將集中營去猶太化（de-Judaize）的效果。

圖 4.1 「所羅門（Jacob Solomon）夫婦一家目前的家，紐約市 D 大道 133 號」。Library of Congress, Prints & Photographs Division, FSA-OWI Collection〔LC-USF34-T01-009145DLC〕（Dorothea Lange 攝影）。

88　　　　1970 年代起，波蘭天主教會的觀點在奧許維茲浮上了檯面。後來成為約翰保祿二世教宗的卡羅・沃伊提拉樞機主教（Cardinal Karol Wojtyla），在集中營舉辦了好幾次彌撒，他提到一位奧許維茲的天主教囚犯寇伯神父（Father Kolbe），支持猶太教徒改宗。寇伯神父被施以宣福禮〔beatify；譯按：宣佈死者升天並加入有福者之列〕。有一

圖 4.2 「所羅門夫婦住所後窗外景象，紐約市 D 大道
133 號」。 Library of Congress, Prints & Photographs
Division, FSA-OWI Collection〔LC-USF34-009114-
CDLC〕。（Dorothea Lange 攝影）

回的彌撒儀式，豎立龐大十字架的聖壇就建在卸下猶太
人，並送往毒氣室的位置。一如以往，並未特別提到在這
個場址遭殺害的猶太人。 1984 年，奧許維茲場址興建了一
間女修道院，由於猶太祭司衛思（Rabbi Weiss）抗議女修道
院的設置，使得記憶地方的爭論成為世界新聞。還有一座
頂著大十字架的教堂，高聳於奧許維茲之上。

圖 4.3　紐約市自由女神像。自由女神像是
世界公認的美國象徵，頌揚並紀念大致上
歡迎移民的美國國族的特殊故事。這是官
方的記憶地方。（照片由樊虹麟提供）

地方顯然擁有許多記憶，哪些記憶得到宣揚，哪些卻根
本不再是記憶的問題，是個政治問題。地方成了爭論召喚
哪些記憶的位址。傅特（Kenneth Foote）在《陰影籠罩之地》
（*Shadowed Ground,* Foote, 1997）一書中指出，地方有能力透
過記憶的物質性存在，迫使隱匿且痛苦的記憶顯現：

> 身為地理學家，我無法不注意到，位址本身似乎在它們
> 自己的詮釋上扮演了積極角色。我的意思是說，遺留的

圖 4.4 艾利斯島。「榮譽牆」。艾利斯島移民博物館紀念美國的移民。公民可以支付一百美元，將先祖姓名銘刻牆上，讓他們得以名列「官方記憶」(Joanne Maddern 攝影)。

暴力證據往往使人（幾乎不由自主地）開始爭論起意義。暴力血腥玷汙的場址，爲悲劇的灰燼所覆蓋，迫使人正視事件的意義。不能忽視集中營的有刺鐵絲網和磚砌火葬場；它們需要詮釋。位於柏林的一大片光禿土地，曾經是蓋世太保的納粹國家安全總部（Reichssicherheitshauptamt），強迫訪客反思廿世紀的種族滅絕（Foote, 1997: 5-6）。

這類地方的殘酷事實，迫使人們對地方的意義，以及該拿地方怎麼辦的問題，展開了爭辯。懷抱不同利益的人必須爲了保存，以及該納入或排除什麼提出論據，因此，

92

圖 4.5 與 4.6 天使島和艾利斯島。不同於艾利斯島，位於舊金山灣的天使島並未成為全國著名的記憶地方。艾利斯島主要處理歐洲移民，他們已是「鎔爐」國族意識形態的一部分，但天使島過去曾經安置遭拒絕入境的華人移民（天使島由 Gareth Hoskins 攝影；艾利斯島由 Joanne Maddern 攝影）。

從爭論的詮釋過程裡產生了一種新地方。地方與記憶之間
的關連，以及這種關連的爭議性質，是近來地理學家從事
許多調查的對象，而且有希望成爲未來地理研究的主要成
分（Johnson, 1994, 1996 ； Till, 1999 ； Hoskins ，即將出
版 ； Desforges and Maddern ，即將出版）。

　　例如，霍斯金斯（Gareth Hoskins）檢視了舊金山灣的
天使島移民站（Angel Island Immigration Station）
（Hoskins ，即將出版）。天使島是一連串建築物的位址，以
前用來處理進入美國的華人移民。不像東岸的艾利斯島，
這個場址並沒有成爲國族記憶和頌揚移民傳統的遺址。反
而，在一些當地行動分子引起政治人物和民眾注意到它以
前，這裡已遭人遺忘、任其衰敗。對那些試圖將這裡宣傳
爲襲產地方的人而言，問題在於這裡是 1882 年排華法案
（Chinese Exclusion Act）下的刻意排他的所在。這是個防止
可能的華人移民進入美國的地方，因此不易融入「鎔爐」
的國族神話。霍斯金斯說明了移民站由於吻合了歸屬與頌
揚的國族尺度意識形態而得以發展，因此模糊了某些更特
殊的排外和嫌惡敘事。爲了獲取金錢與認可，移民站必須
重新裝配成爲移民歸屬之普遍國族記憶的一部份，但這種
歸屬根本無法搭配它原本的目的。誠如霍斯金斯的說法：

　　爲了獲得官方認可、全國知名度和專業管理技術，付出
　　的部分代價，就是敘事更密切地與通俗且振奮人心的美

國愛國觀念趨於一致。被拘留者成為受人尊敬的對象，只因為他們是美國理想的化身。在某些個案裡，這種情形使人不去注意美國是銘記於 1882 年排外法案的種族主義的加害者，反而稱讚移民選擇離開以克服出身國壓迫的能耐（Hoskins，即將出版）。

如同在奧許維茲，記憶政治與地方政治匯聚於此。

生活的好地方

「家」是貫穿本書、一再出現的概念。家做為基本且理想的（對某些人而言）地方形式，位居人文地理學的核心。就是因為這個理由，學生使大學宿舍成為「他們地方」的想法，成為本書導論的第一個地方事例。多數人都很熟悉致力使某個地方感覺像家一般舒適自在的嘗試。即使有許多不成功的例子，這種嘗試還是很重要。創造「生活的好地方」是生產地方的主要方式之一。不過，若將這種活動視為超乎裝飾牆壁和佈置家具等看似單純的行為，它很快就會成為政治議題。

讓我們再度回到紐約下東區。我們已經知道，到了 1980 年代，這個地區經歷了縉紳化──新進的中產階級以低價買入破敗的房屋，隨後房地產升級，價格大漲──這個過程意味了該地區以前的居民，再也住不起那裡。

房地產經紀人，開發商和從事縉紳化的人，被描繪為「都市牛仔」── 粗野的個人主義者，戮力追求城市改良 ── 開拓與改造市中心都市邊疆破舊不堪的社區。在他們手中，城市鄰里被改造為重新有人進住的住宅，以及為了新進的中產和上層階級居民，興建新穎豪華的公寓大樓。新的精品店消費地景出現，迎合他們的美食、時尚和娛樂需求，隨著新辦公大樓的興建，創造了新生產地景：「新」城市居民的工作空間（Reid and Smith, 1993: 193）。

94

瑞德（Laura Reid）與史密斯（Neil Smith）認為這種邊境（「蠻荒」遭逢「文明」的邊界）神話，隱瞞了一點也不慈善的過程。然而，市政府和房地產業主用改善（從郊區返回城市的人、歷史建築翻新、更好的餐館等）的語言來形容這個過程，隨著根據中產階級品味和銀行帳戶而定的一種新地方、新「家園」生產出來，有許多更窮困的人被取代了。為了使邊疆得以存在，必須有蠻荒和文明這兩面。在下東區，「市中心區鄰里的勞工階級、貧窮、女性當家的家戶，以及拉丁裔與非裔美國的『原住民』」（Reid and Smith, 1993: 195），面對昂貴的閣樓公寓與卡布奇諾咖啡店的「文明」時，扮演了「野蠻人」角色。

瑞德與史密斯敘述藝術產業、市府政策和房地產投機，在下東區邊境生產上的核心重要地位。他們描述城市

的住宅政策，如何拍賣了大部份過去提供負擔不起紐約市
租金的人居住的市有住宅，致力於促進縉紳化過程。該計
劃有部份是指定特定房地產供藝術家使用，以便鼓勵他
們。為了哄抬房地產價格，他們試圖操弄這個地區做為波
希米亞風格與前衛地方的聲譽，吸引那些認為住在有點危
險的城市，比住郊區有樂趣的年輕都會專業人士（雅痞）。
此外，市政府改變了巡邏和管制該地區公共空間的方式。
所謂的「不受歡迎者」，全都從公園和其他公共地方驅離。
在街角遊蕩的妓女、毒販、遊民與小孩，都從公園和街上
清除，使這個地區對進住的縉紳者（gentrifier）而言，成為
「生活的好地方」。這些過程都遭到反對縉紳化過程的當地
居民抵抗。對中產階級是創造美好「家園」的過程，窮人
經驗到的卻是流離失所。抗議者把縉紳化比擬為「種族滅
絕」和「階級戰爭」，而不是開拓邊疆。他們將縉紳化描繪
為對他們的生活方式、社區和「家園」的攻擊。

95 這種對縉紳化過程的另類描寫，目標在於動搖媒體、市
府和房地產業界建構與供應的邊疆神話。他們主張，縉
紳化**並非**為了所有人的利益，就社區及其居民的觀點來
看，縉紳化**不是**進步的發展。對他們而言，縉紳化意味
了無家可歸、流離失所、昂貴而無法企及的住宅，也是
對曾經是他們鄰里標誌的文化多樣性、實踐和寬容的挑
戰（Reid and Smith, 1993: 199）。

　　縉紳者不是尋找「生活的好地方」的唯一有錢人。美國都市規劃最近的一項發展，就是所謂「新傳統主義」（neotraditionalism）的崛起。這項運動背後是一種慾望，想要創造不同於千篇一律擴張的地產開發郊區和「不知名大廈」（MacMansions）的地方。例如「社區」和「歷史」這樣的字眼，往往位居這類企圖的核心。地理學者提爾（Karen Till）檢視了一處這種地方：加州橘郡的聖瑪格利塔牧場（Rancho Santa Margarita）的都市村莊。她認為，這個地方是透過發明傳統而創造出來的，「藉由提供歷史綿延穩定的感覺，來肯定住宅社區的興建」。她繼續指出，這種傳統是「由企業規劃者創造，來賦予地方認同感」（Till, 1993: 710）。

> 這些規劃者聲稱，不同於他們的前輩，他們關心地方的獨特性質、當地歷史、建築，以及都市與住宅形式；還有傳統的人與土地關係。他們堅稱他們的城鎮和村莊是「生活的好地方」，是可以「復甦公共生活」，使美國社會恢復「真實社區聯繫」的地方（Till, 1993: 710）。

　　注意新傳統主義者使用的語言，如何反映了海德格、瑞爾夫等人提出的較抽象的地方沉思——地方是根植於歷史的真實居住形式。看似抽象而哲學的觀念，很少會侷限於哲學家和理論家的紙頁上。

提爾說明了聖瑪格利塔牧場（一個經過全盤計劃的社
區）的開發商，如何嘗試聚焦於家庭史和早期加州西班牙
殖民建築主題的素材，提倡一種根著於歷史的地方觀。這
項開發案的地主大幅利用了他們的家族史，宣稱他們延續
了拓荒祖先的傳統。他們出版所謂的「歷史通訊」，刊登有
關歐尼爾斯（O'Neills）的歷史角色的文章。採用棕褐色紙
張和棕色油墨，讓通訊看起來很陳舊。許多文章描寫家族
為了公益理想，如學校和公園，而慷慨提供土地。

除了通訊，新社區的宣傳材料還將重點放在「保存」
加州西班牙殖民建築，這種建築結合了紅泥瓦屋頂、灰泥
牆和圓形拱門。

> 聖瑪格利塔牧場的建築溯及這種早期〔加州〕傳統。還
> 有更早以前，十八世紀西班牙傳教士建造的加州最初的
> 教堂、佈道團和修道院。今日，許多這些過去建築的元
> 素，保存於聖瑪格利塔牧場的家屋和公共建築物中（聖
> 瑪格利塔公司，引自 Till, 1993: 715）。

提爾說明了，家族史通訊如何結合了建築焦點，而將
地方鎖進眾所周知的先民移徙西部定居、產生特殊美國文
化的拓荒史中。這多半是充斥粗野牛仔、擁有土地的歐裔
白人菁英觀點。

其他個人觀點很少有訴説故事的餘地，包括來自各種文
化、族群和社會經濟背景的女人、兒童和（或）同性戀
……因此，提倡狹隘的觀點——一種試圖壓制對於熟悉
文本與象徵的另類解讀和詮釋的觀點——不僅提昇了建
構「生活的好地方」的企業規劃者身爲社區「專家」的
地位，也傳遞了社會價值（Till, 1993: 717-718）。

在這裡，帶有眞實過往的眞實地方的想法，被編造成
消費意象。這是一種行銷形式，目標在於說服人購買聖瑪
格利塔牧場的房子。家園本身及其所謂「早期加州西班牙
殖民」風格，如提爾所述，是選擇性複製了上層階級對十
九世紀早期傳教團的浪漫視野。實際建築物是由大型建商
大量生產出來的。

伴隨這種歷史和眞實性感受之生產的，是排他的過
程，而其根據是辨認出城鎮圍牆外頭的威脅他者。在聖瑪
格利塔牧場的例子裡，險惡的「他者」是洛杉磯。

然而，規劃者想要孕育的歷史性小鎮認同，只有聯繫上
洛杉磯的地方記憶才會有意義。前者（小鎮認同）的成
功，取決於後者（當今郊區與城市）的經驗。兩種認同
都以當前南加州居住經驗的通俗概念爲核心，兩種認同
也都援用了洛杉磯變得「糟糕」而「危險」以前的過往
經驗的通俗化「記憶」（Till, 1993: 722）。

97

我們在整本書裡一直見到，地方建構多半是透過將某些「他者」（一種構成性的外界）排除在外而達成的。在這裡，洛杉磯是個罪惡之地，是社會動盪與道德不確定的地方──危險的地方。我們不難看出，這是個為社會他者（窮人、遊民、黑人）編碼的地方。

於是，在提爾的論文裡，我們可以看到「生活的好地方」的建構，如何透過倡導特殊的排外歷史、選擇性的浪漫化建築視野，以及將聖瑪格利塔牧場從危險失序的外在世界分離出來而達成。美國新傳統主義都市規劃的例子，不是唯一試圖生產「生活的好地方」的事例。

戰後英國，政治人物和規劃師渴望將人群遷出擁擠的倫敦，搬進環繞都會區外圍的「新鎮」（New Towns）。這些新鎮之一是克羅利（Crawley）。克羅利是為「大眾」建造的地方，它在這方面不同於聖瑪格利塔牧場。新鎮不斷遭受揶揄嘲諷，因為新鎮是沒有靈魂的地方，充斥大量生產的建築物，既非鄉村，也不是城市。它們被視為失敗的地方。

擔任攝影師的前地理學者艾波比（Sam Appleby）決定，按他的說法，配備一架「攝影機、記憶，加上法國理論」（Appleby, 1990：20）來探索克羅利。他提到新鎮是溯及十九世紀的反都市意識形態的一部分。新鎮的觀念是早期「花園城市」（Garden Cities）的產物，例如，列區沃斯（Letchworth）和威爾溫花園城（Welwyn Garden City）都是

霍華德（Ebenezor Howard）思想的產物。霍華德見識過擁擠的維多利亞城市的苦難，以及鄉村地區的落後。他的想法是緊密結合城市和鄉村，創造出兼具鄉村與城市最佳元素的地方。

艾波比追溯新鎮委員高頗（John Goepel）的經歷，高頗負責以許多新鎮早期的歷史來替鎮上街道命名。命名是賦予地方意義的方式之一。段義孚曾經描述語言在地方建造中的角色，是地方建構基本但遭到忽視的面向，與建造地景的物質過程一樣重要。

> 忽視言詞的主要理由，是因為地理學家與地景史學家 98
> （我相信一般人也是如此），傾向於幾乎只將地方視為自然
> 的物質轉變結果。他們看到了砍伐木材、建造籬笆的農
> 夫，他們也看到了抬起屋樑的工人（Tuan, 1991a: 684）。

命名尤其可以引發對地方的注意，將地方定位於更廣大的文化敘事中。

> 稱地景的某項特徵為「山」，就已經授予地景某種特
> 質，但稱之為「苦難山」，就大幅提昇了地景的特殊
> 性，使它在其他較無想像力稱謂的高地中間突顯出來。
> ……
> 命名是權力──稱謂某物使之成形、使隱形事物鮮明可
> 見、賦予事物某種特性的創造性力量（Tuan, 1991a: 688）。

　　高頻對克羅利街道的命名，反映了命名是權力的這層意義。早年，他開始賦予街道他相信能反映「英國特性」的名稱。這些命名可能都有歷史指涉，例如「佛來明路」（Fleming Way）（譯按： Sir Alexander Fleming（1881-1955）英國細菌學家；盤尼西林發現者）和「牛頓路」（Newton Road）（都以英國科學家命名），但它們更常指涉一種假定爲英國「自然」的要素。艾波比在蘭利綠地（Langley Green）的家園，就以名爲「野兔巷」（Hare Lane）、「夜鶯底巷」（Nightingale Close）和「杜松路」（Juniper Road）的街道爲特色。其他街道則以英國藝術界人物命名，例如「托爾諾步道」（Turner Walk）（譯按： Joseph M. W. Turner〔1775-1851〕爲英國風景畫家）和「康斯坦伯路」（Constable Road）（譯按： John Constable〔1776-1837〕爲英國風景畫家）。所有這些命名都試圖將新鎮定位於英國歷史與鄉間的感受中——猶如它們本身是不成問題的「自然」的一部份。在高頻失去了命名權，而左翼鎮議會讓克羅利成爲「無核區」（nuclear-free zone），並開始依照勞工英雄和女性主義運動（潘克赫斯特短巷〔Pankhurst Court〕）替街道命名時，命名過程的意識形態性質就更加明顯了。高頻認爲，「社會主義神話」很不適於替街道命名，「顯然只有他自己的自由主義／保守主義歷史主義，才能提供自然而適切的主題」（Appleby, 1990: 33）。

　　高頗的街道命名，正好符合了規劃運動創始者的反都
市觀。他們試圖將這種嶄新地方連結上歷史感，以及由英
國鄉間所象徵的認同。這映照出家族史和聖瑪格利塔牧場
建築風格的運用。在這兩個地方，規劃者都試圖將兩個城
鎮的物質結構，連結上大家熟知的神話歷史──聖瑪格利
塔牧場的邊疆故事，以及克羅利的國族主義反都市神話
──來產生他們偏愛的地方感。這兩則故事也試圖在全新
的居住鄰里中創造特殊地方記憶。就此而論，這些例子進
一步證明了記憶和襲產在地方生產上的重要性。

99

做爲地方的區域與國族

　　大多數情況下，地理學家對於地方的使用，反映了地
方的常識觀念，那就是相較而言容易認識且小尺度的地
方，像是市、鎮、鄰里。但是，如段義孚指出的，地方觀
念將我們最喜歡的扶手椅和全球牽連在一起。那麼，地理
學家如何思索區域和國族，這類尺度較大的地方呢？政治
地理學家在他們的研究裡使用地方概念，已有悠久傳統。
特別是他們曾經認爲，空間裡的傳統政治劃分具有地方特
質。政治地理學家泰勒（Peter Taylor）注意到，諸如阿格紐
（John Agnew）與詹斯頓（Ron Johnston）這樣的作家，在他
們的著作裡善用了地方（Taylor, 1999）。例如，詹斯頓寫過
諾丁罕郡（Nottinghamshire）煤礦工人的抗爭，要求全國性

罷工。他認為,諾丁罕郡做為一個地方有其特殊品質,這種特質使當地礦工得以自行其道。換言之,地方有勝過國族和個人場域的特殊政治文化(Johnston, 1991)。泰勒考察空間和地方在現代國族政治中的角色。他認為,國族很容易被當成是將理性與抽象空間,政治性地施加於地方特殊性之上。但他認為這種論點太簡單,地方在國族生產裡也扮演了一定角色。

> 國族以其各自位居世界上的地方、它們的家鄉,而被建構成想像的共同體,有些是「祖國」(fatherland),有些則是「母國」(motherland)。國家與國族結合成為國族國家,融合了主權領土和神聖家園,使空間轉變成地方(Taylor, 1999: 102)。

國族國家是個奇怪的東西。雖然在廿一世紀初期,它們看似有如我們呼吸的空氣般自然,但它們卻是相當晚近的產物(主要是十九世紀)。泰勒指出,國族國家結合了空間的抽象性與為人深刻感受的地方情感。為什麼布朗克斯(Bronx)黑人內城的居民,會認為他們與威徹斯特郡(Westchester County)的白種商人及聖地牙哥(San Diego)的墨西哥移民,屬於一個共同體?甚至在情勢急迫時,很多人會獻身為這個稱為美國的東西而戰。國族理論家認為,這是因為國族的創建涉及了「想像共同體」(imagined community）的創造，在其中，日常生活毫無共同點的人，相信他們透過做為地方的國族觀念而結合在一起（Anderson, B., 1991 ；Edensor, 2002）。當然，伴隨這種地方而來的，是跟國族意識形態及國族歸屬有關的一切事物——國旗、國歌、護照、貨幣和其他東西。為了使居民團結一致，國家必須充當地方——關懷的場域。

但是，國族的地方內部有其他政治單位，鬆散的稱為「區域」（regions）。大體而言，這些地方位於國族與地域（local）尺度之間的某處。雖然區域並不附帶地方的一切哲學包袱，但區域與地方這兩個詞彙通常可以交替使用（Paasi, 2002）。正如政治人物試圖創造一種國族地方感，地方政治人物也努力使政治構成的區域更「有地方的樣子」。雖然我們最常在國族國家尺度上設想政治認同：「國族尺度的地方感可以和其他尺度並存，或是為後者所取代」（Agnew, 2002: 6）。政治發生於地域和區域地方。

在英國，過去幾十年來，有許多要求「中央政府權力下放」（devolution）的聲音，呼籲權力地方化，落實到更直接、更小尺度的「地方」。威爾斯和蘇格蘭成功建立了各種區域政府。進一步將權力下放英格蘭各地區的話題持續不斷，例如康瓦耳（Cornwall）或東北部（North East）。更戲劇性的是，義大利各區域企圖推動它們自己的政治議程，以凌駕國族國家的議程（Agnew, 2002; Giordano, 2000）。佐

丹奴（Benito Giordano）針對義大利北方聯盟（Lega Nord）
（一個右翼政黨）的主張提出說明，他們聲稱義大利國家沒
有替北義大利人民服務，實際上是被南方人把持。反南方
情緒是他們成功的有力因素。和許多地方形式一樣，「北
部」地方的建構與他者「南方」息息相關。佐丹奴訪問一
位北方聯盟議員：

> 北方人民的心性（mentality）有別於南方人民。北方擁
> 有本質上幾乎可說是喀爾文教派的（Calvinistic）強烈工
> 作倫理。儘管有高賦稅和南方的負擔，倫巴底
> （Lombardy）還是歐盟最富庶的區域之一。然而，南義
> 大利有種「地中海的」工作倫理，根基於腐敗、依賴國
> 家補助，以及比較鬆散的工作態度（引自 Giordano,
> 2000: 459）。

101 　　除了這些粗糙的地方刻板印象，北方聯盟也堅決主張
義大利國家實際上是由南方統治，因此，所謂的「義大利
認同」其實是「南義大利」認同。最後，北方聯盟的成員
和支持者認爲，南方是有色人種移民的根源，他們將有色
人種視爲北方文化凝聚力的威脅。北方聯盟提倡正式設立
新的區域來取代義大利，他們稱這個新區域爲「帕達尼亞」
（Padania），由北義和中義挾其旗幟、頌歌和政府形式所組
成。爲了據理說明這個新「空間」，如泰勒所述，他們必須

以其（辛勤工作與喀爾文教派的）歷史和習俗，將新空間轉變爲「地方」，使這個地方對人產生意義。這個事例確認了芬蘭地理學家帕西（Anssi Paasi）的觀察，亦即「區域化」除了只是政治地圖上的一條線外，還涉及了「概念或象徵性外形的形構」。建構地方的象徵，諸如旗幟、儀式、地圖、紀念館及各式各樣影像，使地方成爲人群生活的一部份。即使地方的命名——帕達尼亞——也是使區域變成地方的重要因素（Paasi, 1996）。

在英國，「區域化」的例子沒那麼富有政治戲劇性，但是對國族和地方政治而言，依然很重要。有時候，全國政府主動施行區域化，卻慘遭失敗。泰勒評論英國某些區域命名的荒謬。

> 除了周圍地區外，英格蘭有多少人知道郝爾頓（Halton，擁有超過十萬人口的空間）在哪裡？它位於新徹夏（new Cheshire），由舊蘭開夏（Lancashire）的威德尼斯（Widnes）和徹夏的朗孔恩（Runcorn）組合而成。這種例子不勝枚舉，但我想指出另一種蔑視地方的跡象：指定的「自治市鎮」（boroughs）不斷增生擴散，覆蓋了大片鄉村土地。例如，你沿著大北路（Great North Road）遊歷，就會進入「推德—伯維克自治市鎮」（Borough of Berwick-upon-Tweed），位於安威克（Alnwick）鎮北端，距離伯維克鎮本身大約廿哩（Taylor, 1999: 105）。

　　我居住的西威爾斯也發生過類似過程，為了建構適合該地區的認同，近年來郡名改變了好幾次，介乎 Cardiganshire， Dyfed 與 Ceredigion 之間。不過，其他區域的認同卻是由人民由下而上爭取，主張他們認為有深遠歷史的區域認同。威爾斯和蘇格蘭就是明顯的例子，但英格蘭各地區也要求成立基於特殊地方認同的強大區域政府。例如，瓊斯與麥克里奧（Martin Jones and Gordon MacLeod, 2001）探討了英格蘭西南部（「威塞克斯」〔Wessex〕和康瓦耳〔Cornwall〕）的要求，他們說明區域運動如何動員通俗的當地事件和神話，來宣稱政治生活中要有區域認同存在。回應中央政府的權力下放計劃，西南部的行動份子要求創造一個稱為威塞克斯（目前不存在這個名稱的郡），他們視之為「尊重歷史的」區域──這是人民可以認同的地方，有別於模糊而簡單的區位命名，例如「西南部」。行動份子主張，雖然有許多新「區域」是虛構的（例如上述泰勒討論的區域），但威塞克斯可以宣稱擁有歷史性的存在，並具備成套的地方意象，因此可能變得比較「真實」。

　　如此看來，創造地方的歷史與地理複雜糾結，不僅出現舒適的地方層次。辨認出「地方」的方式，也在國族和區域尺度上運作。我們在這一節已經見到了，想要建構龐大規模政治實體的人，無法單單在地圖上畫線，就憑空創造出政治實體。他們必須協調，致力賦予這些疆域特定歷

102

史和認同，以便讓這些疆域更像地方，讓居住其中的人口更容易明白。

安適其位／不得其所：地方錯置

創造地方必然牽涉了對外在事物的界定。換個方式說，「外界」在「內部」的定義上扮演了要角。我們探討過的許多例子裡，都有清楚的地方生產之政治。例如聖瑪格利塔牧場，就是奠基於排除女性、黑人和原住民（及其他人）的故事上。義大利北方聯盟創造「帕達尼亞」，就是建立在指稱義大利南部爲「他者」的基礎上。在本章其餘部分，我們將檢視研究中對地方的使用，這些研究關切地方政治，以及地方在定義事物合宜與否上所扮演的角色。

我們一再見到，地方是經常使用於日常生活言談中的字眼。所以，地方的意義有如常識，關於地方的假設也被視爲理所當然。許多這類日常用法，連結了社會階層和空間區位與配置。某人可以「安置在她的地方」（put in her place），或假定要「曉得他的地方」（know his place）（譯按：知本分、明進退的意思）。我們被告知，有「適合所有事物的地方，一切事物都各得其所」（a place for everything and everything in its place）。地方的這些用法，暗示了地理地方與有關規範行爲的假設之間，有很密切的關連。人群和

103

言行舉止似乎可以是「安適其位」（in-place），或是「不得其所」（out-of-place；或譯格格不入）（Cresswell, 1996）。

當某件事或某個人被判定為「不得其所」，他們就是有所逾越（transgression）。逾越就是指「越界」。不像「偏差」的社會學定義，逾越本然是個空間概念。逾越的這條界線通常是一條地理界線，也是一條社會與文化的界線。逾越可能是犯罪者蓄意而為，也可能不是。重要的是，遭受這種言行干擾的人，視其為逾越。

通常，當人群、事物和言行舉止被視為「不得其所」時，會被形容為污染與骯髒。人類學家道格拉斯（Mary Douglas）界定髒東西為「不得其所之物」（matter out-of-place）。要變得「不得其所」，取決於預先存在某種分類系統（Douglas, 1966）。

> 鞋子本身並不髒，但把它們放在餐桌上就變髒了；食物本身不髒，但將炊具留置在臥房，或者食物濺污在衣服上，就變髒了，同樣情形有客廳裡的衛浴設備；放在椅子上的衣服（Douglas, 1966: 36）。

空間分類越是強烈——驅逐和排斥的慾望越大——越容易使那些投資於既有秩序的人感到煩惱。換言之，地方的建構形成逾越（或者，用道格拉斯的話來說是污染）可能性的基礎。正如我們有用來思索處於錯誤時代事物的詞彙

——時代錯置（ana*chron*ism）——我們可以發明一個用來思索置身錯誤地方事物的詞彙——地方錯置（ana*chor*ism）。

利用地方來產生秩序，導致了非預期的後果，地方成爲抵抗秩序的對象和工具——新的偏差與逾越類型，例如罷工和靜坐抗議成爲可能。特定地方的既定意義和實踐越清晰，就越容易逾越伴隨地方的期望。這就是爲什麼反全球化抗議者，總是挑麥當勞當做目標的一個原因，它是十分清楚且眾所周知的全球資本及其所鼓勵的消費實踐的象徵。

近年來，探討地方在塑造外人（outsider）時扮演的角色，這類研究可謂汗牛充棟，這些外人（最近還包括動物〔Philo, 1995〕）被視爲「不得其所」而遭到排除。瘋子（Parr and Philo, 1995 ； Philo, 1987）、吉普賽旅行者（Sibley, 1981）、兒童（Philo, 1992 ； Valentine, 1997）、政治抗議者 [104]（Cresswell, 1996）、非白種人（Craddock, 2000 ； Anderson, K., 1991）、男同性戀、女同性戀和雙性戀者（Bell and Valentine, 1995 ； Brown, 2000）、遊民（Veness, 1992 ； Cresswell, 2001）、娼妓（Hubbard, 1998）、身心障礙者（Kitchin, 1998），以及龐雜多樣的「他者」，全都被媒體、地方當局、全國政府等，形容爲「不得其所」——無法符合地方、意義和言行之間的預期關係。我不評論這一大堆文獻，而是將重點集中在遊民，以及首先要討論的「不得其所」的性慾特質。

不得其所的性慾特質

性慾特質（sexuality）一詞指依照不同性慾形式而建立的社會認同。換言之，性慾特質不只是不同類型性慾實踐的符徵（signifier），也是複雜的社會與文化關係形式。乍看之下，許多人並不認為性慾特質和地方之間有關聯。不過，和任何其他社會關係（階級、性別、種族等）一樣，在某種程度上，性慾特質乃是在地理上建構而成的。例如，聽到別人認為同性戀性慾沒什麼不好，只要別出現在公共場所，這是司空見慣的看法。為了支持這種論點，有人可能會主張異性戀適合「在家裡」或「待在臥房」，同性戀也該如此。

地理學裡大部分有關性慾特質的研究，嘗試說明這類宣稱有多麼荒謬可笑。到處都有異性戀（Duncan, 1996）。異性戀者隨意在大庭廣眾下接吻，或手牽手逛街。公共空間，例如法院與政府機關，正式制度化了異性戀關係，卻使同性戀關係非法化。我們隨處可見異性戀性慾特質被接受為正常，因此異性戀者看不到異性戀性慾特質。另一方面，同性戀者卻處處看到異性戀，而且由於這種經驗使得他們自己的性慾特質徹底「不得其所」。同性戀情侶當眾接吻付出的代價，就是引發異性戀者的憤慨。地理學家布朗（Michael Brown）詳細研究了同性戀性慾特質的空間性。他的《衣櫃空間》（*Closet Space*）一書檢視同性戀性慾特質遭

到邊緣化，並且在各種尺度上隱匿不顯的方式（Brown,
2000）。他描述了公車上的一個場景，戲劇性地清楚說明了
這種緊張氣氛和期望。

西雅圖都會七號公車突然停下來，在多雨的週二午後，
搭載在國會山莊（Capitol Hill）山頂淋濕的兩個人。突
然煞車引起了每個人的注意，打斷了坐在我正對面，一
對男女熱情的法式接吻。我坐在昏暗的公車後方，遠遠
看見一位苗條時髦的女人很誇張的沿著通道走過來。在
我能看到她後面的同伴以前，先聽見了他的聲音。我們
都聽見了，因為他說話聲音很大。我們這位新乘客以一
種混雜著沉著和傲慢的態度宣稱，「沒錯，各位，我走
路就這樣大搖大擺。你不喜歡的話，大可親吻我漂亮的
酷兒屁股！」他以堂皇氣派滑步走在通道上，經過我的
座位，一直向前盯視。走道另一邊，年輕的異性戀情侶
對這名年輕男同志發出「嘖嘖」、恐嚇聲，以及「噢，
天……哪」，聲音大到足以向我們這些坐在公車後頭的人
清楚表達他們的反感。「誰說的？」這名男同性戀者大
聲責問。

　　公車上每個人都明顯變得不安。畢竟這是西雅圖。
「我說的」。這個女人宣告得既大聲又清晰，但是沒有轉
身過去面向他。然後，她對她的男友竊竊私語，他們倆
都笑了。「好啊，如果你不喜歡的話，女朋友，那你們
一開始在國會山莊上**幹嘛**！」（Brown, 2000: 27）。

105

　　依布朗的觀察，在這個事件裡，有一組涉及性慾特質操演和地方期待之間的複雜互動。對異性戀情侶而言，所有的空間都是異性戀空間。像城市和公車這種地方，支持異性戀規範──有關異性戀是正常、自然且合宜的想法。他們覺得自己可以當眾熱吻。他們認為這位男同性戀舉止失當，擾亂了未明說的性慾規則。然而，男同性戀者卻認為這裡是國會山莊，是西雅圖的同性戀地區。對他而言，異性戀情侶在這裡「格格不入」，應該考慮將他們的性慾特質，當然還有他們對同性戀的恐懼（homophobia）──「藏在衣櫃裡」。衣櫃這個概念很複雜，作用於「從身體到全球」（布朗的書的副標題）的各種尺度。這個隱喻的衣櫃是某種地方，既是秘密的地方，也是自主與安全的所在。衣櫃是一個人可以完全保有性慾特質的地方，或者更精確地說，衣櫃可以變成一棟建築物或城市裡的一個地區，在這裡，他可以安心當個同志。衣櫃也可能是個幽禁的監牢。

　　衣櫃及異性戀常規空間的議題，已經成為性慾特質地理分析的核心。地理學家問道，為何某些地方似乎是某些性慾特質得以放心展現的所在，有些地方卻迫使男同性戀、女同性戀和雙性戀者隱匿其性慾特質。華倫亭（Gill Valentine）的研究是這條思路的主軸。她指出，女同性戀者為了避免歧視和厭惡，向來會在某些地方（尤其是家裡和工作場所）隱藏她們的性慾特質。她訪談的女人所揭露的

日常生活顯示，在某些地方的隱匿方式非常複雜，但在其他地方卻能「出櫃」。她們有些人必須遠離家人（父母與兄弟姊妹）和同事，才能夠感到自在（Valentine, 1993）。

有許多不同認同可供男同性戀者、女同性戀者和雙性戀者選擇操演，正如同異性戀者也有許多認同可供操演（像是地獄天使、「新男人」、講究裝扮者〔power-dresser〕等）。貝爾、比尼、克琳姆和華倫亭（David Bell, John Binnie, Julia Cream and Gill Valentine）在他們的論文〈興致勃勃，無處可去〉（All hyped up and no place to go）裡，探討了兩種認同：「同性戀光頭男」（gay skinhead）與「紅妝女同性戀」（lipstick lesbian）。

> 我們希望藉由「同性戀光頭男」與「紅妝女同性戀」，以及他們生產並佔據的地方的部署，闡明與之相關的異性戀日常空間及男女異性戀認同，都有「不自然之處」。揭露無接縫的異性戀認同與他們佔用的異性戀空間的造作虛構，可以撼動認爲它們合理**存在**、完全自然發生的幻象（Bell *et al.*, 1994: 32，黑體字爲原文強調）。

「紅妝女同性戀」是過度陰性化打扮的女同性戀者，因此挑戰了認爲同性戀女性具有男性化形體的通俗概念。有些人認爲紅妝女同性戀的體態，以某種比其他女同性戀扮裝更加細緻的方式，嘲弄了女性特質的異性戀表現。有人

聲稱，她們的出現「破壞了異性戀者判定日常空間裡的陰
柔女人，究竟是女同性戀或異性戀的能耐」（Bell *et al.*,
1994: 42）。這種由異性戀地方的女性特質形象造成的不確
定性，意味了異性戀者不再能夠採取日常生活的公認符
碼，異性戀地方於是遭到了破壞。不過這個故事還有些轉
折，作者承認這種顛覆必須取決於異性戀者一開始就意識
到有紅妝女同性戀者的存在。由於大多數異性戀者假設了
正常而自然的異性戀體制條件，似乎很有可能的是，大多
數異性戀者根本沒察覺到他們身邊發生的顛覆。如果喚醒
休眠狀態的異性戀者，他們很可能受到布朗描寫的西雅圖
公車上的男同性戀者激怒。

　　有個引人注目的逾越行動是 1980 年代初期的格陵罕公
地女性和平營（Greenham Common Women's Peace Camp）。
1981 年以來，這些女人就在美國空軍基地外頭紮營，抗議
部署於當地的巡弋飛彈。她們認為配備核子彈頭的巡弋飛
彈，在英國「格格不入」。不久，鄰近紐貝瑞（Newbury）、
柏克夏（Berkshire）的當地居民，開始反對和平營。連續好
幾年，政府人物和媒體運用他們想像得到的各種隱喻，來
描述這些女人「不得其所」。這些隱喻包括了強迫性地指涉
髒污、疾病、瘋狂，當然還有性慾特質（Cresswell, 1994）。

　　《太陽報》（*Sun*）（1983 年 11 月 9 日）斷言這些女人
「不是人──她們全都是魁梧的同性戀者」。新聞報導屢屢

107

暗指這是個全女性的營地，這個事實自動意味了絕大部分抗議者是女同性戀者。她們穿著「男性化」的服裝，而且經常弄得髒兮兮的事實，似乎只有加強了這種印象。《每日郵報》（*Daily Mail*）（1983年1月13日）描繪了一幅多重逾越的圖像：

> 還有在營火旁餵母乳的夏娃，這名面貌模糊、友善、始終保持微笑的同性戀母親，來自艾斯林頓（Islington），帶著兩個同母異父的小孩在此地紮營，分別是八歲和六個月大，其中一名小孩的父親是西印度群島人（引自Cresswell, 1994: 49）。

　　夏娃在這裡顯然是個「不得其所」的人物。她在公共場合哺乳，她是同性戀，她有不同父親的小孩，父親之一（我們必然會假定）是黑人。

> 在格陵罕，我生活中出現的女人，半數是同性戀，蓄短髮、穿短筒靴和連褲工作服，大步跨越營地。她們誇耀自己的性慾特質、自吹自擂、拿性慾特質開玩笑。有些人以宣稱自己嫌惡男人為樂⋯⋯。我第一天來到這裡時，兩名和平女性在眾目睽睽之下突然熱情擁抱，令我深感震驚⋯⋯。然後，我對四散圍坐營火旁邊的情侶接吻與愛撫方式，越發感到惱怒⋯⋯。許多女人來到這個

營地後，「變成了同性戀」。身旁沒有男人，她們只好
轉向彼此尋求慰藉（引自 Cresswell, 1994: 50）。

在這裡，《每日快遞》（*Daily Express*）的秘密調查員龐
德（Sarah Bond）與布朗描述的公車上的女人，表現方式如
出一轍。她看見女人在她認為不恰當的地方接吻，並且感
到厭惡——她形容這是在誇耀。異性戀者在公共場合接吻
時，是否「誇耀」他們的性慾特質呢？龐德指出這種活動
應該放進衣櫃——應該重新安置。龐德認為，格陵罕公地
的女同性戀性慾特質「不得其所」。引文最後提到男人的缺
席，意味女人只有在沒有男人的地方才會轉向彼此。這種
說法的背後是「家」這個缺席的地方，而丈夫在家裡無疑
提供了「慰藉」。

對於不得其所性慾特質的認識，不應該侷限於假定為
邊緣的性慾特質。忽視異性戀只會強化了認為異性戀是正
常，因此隱而不顯的看法（Hubbard, 2000）。大多數情況
下，異性戀活動以及圍繞異性戀活動而形成的更廣泛認同
感，仍然是規範，其他性慾形式則必須對照這個規範，或
明白或隱晦的加以評斷。例如「家」（理想的地方）這個概
念，很顯然就屬於異性戀規範。最近的研究指出，家的觀
念與實際的家，如何被建構成傳統家庭的地方。一直要到
小孩出生，家才會理所當然像個家（Valentine, 1993）。在形

容格陵罕女人爲「不得其所」的許多描述背後，就是這種
異性戀家庭。

　　某些針對性慾特質和地方所做的最有趣研究，就是異
性戀娼妓研究。研究顯示，雖然娼妓在其他地方幾乎是可
以接受的，但在某些地方卻被視爲「不得其所」（Hubbard,
1998）。哈伯德（Philip Hubbard）概述了一些有關英格蘭娼
妓「地方」的論點。他提到在「私人」空間工作的「高級」
娼妓，以及在街頭和公共空間工作的「低級」娼妓間，有
普遍公認的區別。由於認定性慾特質是在私人空間表現的
假設（酷兒理論家尤其明白指出了這是種錯誤幻象），使得
前者通常被忽略，後者卻在英國城市，例如伯明罕
（Birmingham）與布瑞德福特（Bradford），成爲道德恐慌的
對象，當地居民團體扮演娼妓糾察隊，抑制他們眼中的公
眾討厭鬼。

　　英國法律試圖讓娼妓在公共場所變得沒那麼顯眼，但
是，如哈伯德的論點，「主流道德地理形勢似乎限定了這
種能見度，在某些空間會比其他空間要來得爲人所接受」
（Hubbard, 1997: 133）。娼妓被視爲「適得其位」的這些空
間，通常以紅燈區聞名。這些地方通常位於城市的經濟邊
緣空間，以哈伯德的話來說，這些地方可以視爲「持續
（但有爭論）過程的一部份」，這個過程涉及了將混亂的娼妓
排除於有秩序的性慾之外（或將『壞女孩』排除於『好女

孩』之外），把娼妓移離她們可能站出來顯得不自然或越
軌，有『污染』文明化社會可能性的地區」（Hubbard,
1997: 135）。哈伯德揭露警察巡邏策略往往忽略位於指定地
區或「容忍地帶」的娼妓，以便他們更容易驅離其他地方
的娼妓。因此，在城市中心的邊緣造就了賤斥的地方，並
得到寬容。

性慾特質的地理研究中，「地方」一詞往往與「空間」
這個字眼交替使用。所以，重要的是要記得這些研究裡，
使地方變得重要的那些分析上的特質。「不得其所」或
「安適其位」的觀念可說是很簡單，但這種概念還是傳達了
地理世界的各部分如何變得有意義的感受，以及那些意義
如何經由人類及其實踐而生產和再生產的方式。斯里蘭卡
（Sri Lanka）有句諺語：「魚不會聊水」（The fish don't talk
about the water）。這句話的意思是，我們鮮少明確意識到和
談論我們視爲理所當然的東西。對魚而言，水是牠們視爲
理所當然的世界。人也有環境——由富含意義的地方組成
的環境。性慾特質地理學家向我們說明的是，這些地方多
半造就了特定性慾特質無形且未聲明的正常化和自然化。
其他性慾特質，諸如男同性戀、女同性戀、雙性戀、商業
的性，威脅了組成「地方」的空間、意義和實踐之間的關
連，並且暗示有其他生存方式——其他可能意義——新的地
方類型。

遊民——失所之人

「家」做爲一種理想地方的觀念，對遊民（沒有地方的
人，失所之人）特別會有負面後果。段義孚在他 1991 年的
論文〈地理學觀點〉（A View of Geography）中，形容地理
學是研究做爲人類家園的地球（Tuan, 1991b）。段義孚的核
心概念是「家」。

> 家的意義顯然比物理環境的自然事物要來得多。這個詞
> 尤其不能侷限於某個營造的地方。有助於理解家的一個
> 起點，或許不是家的物質展現，而是一個概念：家是一
> 個在精神和物質上組織起來的空間單位，藉以滿足人類
> 的眞實與感知到的基本生物社會需求，此外還有更崇高
> 的美學政治渴望（Tuan, 1991b: 102）。

換言之，段義孚認爲家是一種理想的地方。「就家是
個私密過活的地方而論，家充滿了道德意義」（Tuan, 1991b:
105）。當然，這些認爲地方是家的想法，容易引起理論層
次的批評。譬如，我們已經見到女性主義者主張，家往往
不是段義孚所謂的舒適的道德領域（Rose, 1993; Martin and
Mohanty, 1986）。事實上，對許多人——尤其是受虐婦女與
兒童——而言，家可能是個壓迫、監禁，甚至恐怖的地
方。本章先前提過，這種理想化家園的觀點，乃奠基於異

性戀家庭的看法。但是，認為地方是家，對於那些沒有現
成地方可稱為家的人來說，也有一定的重要性。

人類學家馬爾基（Liisa Malkki）指出，現代世界有種將
人與認同安置於特定空間和特定邊界裡的趨勢（Malkki,
1992）。他屬於那兒，她歸屬這裡。這種趨勢的後果之一，
就是以完全負面的方式來設想居無定所之人。她繼續說，
與此相關的是連思考方式也根深柢固、界限分明。她認
為，正是我們不斷將世界劃分為具有明確邊界領域單位的
這種慾望，產生了「定居的形上學」（sedentarist
metaphysics）。她認為固定、有界限且根著的文化與認同概
念，與本身是定居式的特殊思考方式有關。於是，這些思
考方式重新確認且促成了世界的常識性分割，劃分成為像
是國族、國家、郡縣和地方這類事物。認為世界是根著固
定且界限分明的想法，反映在語言和社會實踐中。這種想
法主動將認同按照房地產、區域、國族（也就是按照地方）
來劃分疆域，這種認同也同時產生了認為移動性與移徙是
病態的思想和言行。馬爾基提出一則戰後難民報導為例：

> 無家可歸是對道德行為的嚴重威脅……難民橫越他自己
> 世界邊境的那一刻，他完整的道德前景、他對事物神聖
> 秩序的態度，都改變了……〔難民的〕行為清楚顯示，
> 我們正在應付基本上無道德觀念、沒有任何個人與社會
> 責任感的個人……他們不再覺得自己受到每個誠實公民

……尊敬的倫理訓誡所約束。他們變成不會罷手的討
厭、危險人物（引自 Malkki, 1992: 32）。

在這裡，我們看到了在離開「歸屬」之地的人群，與
感受到的無道德和危險之間，有明顯的關連。在這個意義
上，地方遠非只是世界裡的一件事物，它也架構了我們看
待和認識世界的方式。用哲學術語來說，地方不僅是存有
論（何物存在）的問題，還是（或許更根本的）知識論
（我們如何認識事物）問題。在理論上和經驗上可以運用地
方概念的一種方法，就是檢視「無所之人」。讓我們來考察
遊民和難民。

家與無家可歸

就我們所知，人類社會向來就有各式各樣的無家可歸
狀態（homelessness）。沒有家不單單意味了缺少我們（主要
是當代已開發世界的居民）稱爲家的東西。無家可歸多半
是以跟特殊形式的地方斷絕關係來界定。史學家和理論家
經常表示，伊莉莎白女王一世時代對英國流浪漢的恐慌，
在無家可歸概念的形成上，是個重要的歷史時刻。就是這
個時候，大量在形式上仰賴主人土地的人脫離了封建制度
束縛，開始在土地上遊蕩。他們被稱爲「無主之人」
（masterless men），意思既指他們不服侍主人，也指他們

111

「沒有地方」。在此,地方既指地理區位,也是指開始消失的社會階層裡的明確位置。社會學家鮑曼(Zygmunt Bauman)形容這些流浪者為「後傳統混亂的先鋒部隊或游擊小隊……他們必須離去,如果秩序……注定是規則的話。隨意漫遊的流浪者,使得尋求由國家掌控的、社會層次的新秩序,變得必要而急迫」(Bauman, 1995: 94)。

這項轉變(從封建到早期資本主義)的因素之一,是成千上萬人移徙遠離了他們先前歸屬的土地和村莊。這些「流浪者」與「無主之人」為傳統模式的權利與義務創造了新的不確定狀態。簡言之,他們被視為居無定所之人,因此是大多數基本秩序形式的一大威脅。

> 使得流浪者如此駭人的原因,是他明顯的移動自由,可以逃離先前以地方為基礎的控制網絡。更糟的是,流浪者的移動無法預測;與朝聖者或(就此而論的)遊牧者不同,流浪者沒有固定的目的地。你不知道他接下來會去哪裡,因為他自己也不知道,或者不太在乎(Bauman, 1995: 94)。

鮑曼認為流浪者的移動性是關鍵所在。不像其他移動人士,如旅客和游牧者,流浪者的移動完全無法預期,因而具有威脅性。流浪者難以捉摸的漫遊,意味著他總是帶有其他地方的痕跡,這點困擾了那些選擇安穩定居生活的

人 —— 流浪者威脅要破壞使地方生活舒適便利的各種設備，並違反了定居形上學的期待。

　　雖然在廿一世紀我們很少談論流浪者，但遊民仍是個全世界都在爭論的議題。未曾改變的事實是，若不檢視生產遊民的地方，就無法適當的理解遊民。我們必須從封建體制對於窮人地方的認識，來看待伊莉莎白女王一世時代的流浪者，同樣的，我們也必須透過當代城市與鄉村所生產出來的地方，來看待當代遊民。

　　史密斯研究並描寫了 1980 到 1990 年代間，紐約下東區湯普金斯廣場公園裡的遊民（Smith, 1996）。就是在這個時期，丁勤時（Dinkins）市長試圖將遊民遷出公園。我們稍早在本章看過，公共空間控制如何是更廣泛的縉紳化過程的面向。下東區向來是市政府和商業忽視的地區。低廉的房地產價格吸引中產階級縉紳者回到該區（參見前文）。新「雅痞」居民對於他們想要居住的這種地方懷有特殊願景，但不包括在「他們」公園裡的遊民。遊民被設想並再現為對他們的個人安全，以及或許更重要的是對他們的房地產價值造成了威脅。就是在這個脈絡下，丁勤時嘗試遷走在公園裡過夜的遊民。他以「公園」的字典定義來闡述他的論點：

> 公園不是違建聚落。它不是營地、遊民收容所、吸毒者或政治問題的麻醉劑注射場所。除非它是曼哈頓東村的湯普金斯廣場公園（丁勤時市長，引自 Smith, 1996: 220）。

112

在此，丁勤時直接針對公園這種地方來提出宣稱。他認為，這種地方不是你可以歇宿的那種地方。因此，有必要從遊民手中收回公園。

這種立論方式與前任的寇曲（Koch）市長很類似，他也覺得城市裡的遊民看來刺眼（寇曲實際展開了將遊民逐出湯普金斯廣場的過程，他稱這個公園為「污水坑」）。他試圖引進反遊蕩法（anti-loitering law），賦予警察將遊民逐出公共空間的權力，藉此對付出現在中央車站的遊民。州立最高法院廢止了這項法律，寇曲則在對美國建築師協會的演說中，對此有所回應。在演說最後的問答部份，寇曲提醒建築師那些逗留在中央車站的遊民。

> 這些遊民，你可以看得出來他們是哪些人。他們坐在地上，偶爾大小便、自言自語……。當局說：「除非你要搭乘運輸工具，否則不可以在此逗留」，我們覺得這種宣告很合理。通情達理的人都會這麼認為，對吧？但州立最高法院顯然不這麼想（寇曲市長，引自 Deutsche, 1988: 5）。

寇曲和丁勤時都在他們反對遊民的冗長攻擊性演說中，提出有關地方意義的論點。寇曲主張「通情達理的人」都會同意火車站是個旅行的地方。丁勤時利用韋氏字典，指出公園的定義不包括睡覺的地方。他們兩人都以訴諸

「常識」的方式,將遊民議題抽離了紐約市經濟與政治地理的更廣泛脈絡。右翼評論家威爾(George Will)更進一步在 1988 年寫道:

> 把街道弄得亂七八糟是違法的,坦白說……露宿街頭應該是違法的。因此,把這些人弄到別的地方去,牽涉的純粹是攸關公共秩序與衛生的事。不是逮捕他們,而是把他們遷到某個完全看不到他們的地方(喬治·威爾,引自 Smith, 1996: 28)。

　　無家可歸只被當成「不得其所者」(人形垃圾)的例子,而不是紐約都市政治與經濟的徵候。史密斯(Neil Smith)、杜亦奇(Rosalyn Deutsche)等人認為,要回答有關無家可歸的問題,我們必須將城市視為發生無家可歸的社會空間,城市的空間透露了產生無家可歸狀態的環境。依據中產階級/菁英的價值觀,將城市重建為凝聚一致的地方,無家可歸的狀態就是這股動力造成的。

　　但是,遊民不只是在城市裡被視為「不得其所」。克拉克、米爾柏尼與威都菲爾德(Paul Cloke, Paul Milbourne and Rebekah Widdowfield)共同合作了一項計劃,檢視都市地方與無家可歸之間經常被賦予的關連性——他們認為,這種關聯使得鄉村的無家可歸狀態幾乎隱匿不見(Cloke *et al.*, 2000)。鮮少關於無家可歸的學術研究將重點放在鄉村遊民

身上。無家可歸狀態似乎有其地方,那個地方就是城市。
鄉間(鄉村)常被視爲遠離都市特有問題的地方。這就是
克羅利(Crawley)的街道名稱鄉村風味十足的原因。鄉間
被描繪成沒有問題的平靜安祥領域。以「鄉村田園詩」
(rural idyll)著稱的鄉村意象,以一片「青翠宜人大地」的
浪漫視野,深植於英國歷史之中。當然,近幾年來,這種
意象隨著像是狂牛症、口蹄疫,以及越來越顯而易見的鄉
村貧窮議題而改變了。不過,鄉村的無家可歸還是很難成
爲大家關注的議題。誠如克拉克等人的評論指出,「無家
可歸與鄉村特質的缺乏連結」,有其形態學和社會文化的理
114　由(Clock *et al.*, 2000: 718)。在形態學上,鄉村地方全然不
提供遊民可能聚集而現形的那種空間。此外,某些鄉村遊
民選擇在籬笆下和樹林裡過夜,他們在那裡不會被看到而
遭受騷擾。在社會文化層面,鄉村居民往往否認他們居住
的地區有問題存在。此處鄉村田園詩的普遍迷思似乎依然
強盛。在與得文(Devon)的行政區議員(Parish Councillor)
勞伊(Louie)的一次訪談中,呈現了這個問題:

訪問者:你知道村莊裡有任何遊民問題嗎?
　勞伊:這裡沒有遊民。我們有個良好、助人的社區。
　　　　如果有人遭遇困難,我們會幫助他們。所有不·
　　　　受歡迎的人都自成一國,或者搬離了這裡。我
　　　　們這裡有些很好的人搬進來住。

訪問者：假如你在村裡看見遊民，你會怎麼辦？

勞伊：嗯，我想我會嚇死。我們這裡就是沒有遊民

——或許在艾塞特（Exeter）會有，但這裡沒有。

　　一如作者指出的，勞伊唯有將遊民搬移到艾塞特的都市環境，才能夠想像無家可歸的問題。鄉間由鄉村居民，以及政策擬定者和政府官員塑造成為「純淨空間」。克拉克等人引述希伯利（David Sibley）的著作，提出這個論點：

> 鄉間似乎屬於中產階級、地主和從事流血運動（blood sport：譯按：指鬥牛、獵狐等運動）者。僵硬的地方（英國鄉間）刻板印象，放棄了有差異的他者。這些群體是他者、是民間惡棍，只因鄉間被界定為刻板陳規的純淨空間，無法容納差異，他們才越界逾越（希伯利，引自 Cloke *et al.*, 2000: 727）。

　　克拉克等人提醒我們注意到鄉村地方的另一種觀點，就是「家園」觀念與鄉村特性（rurality）之間的緊密關連。鄉村田園詩有部分是家庭生活與家庭的特殊觀念。這一點吻合擁有知名「媽媽與蘋果派」意象的愛荷華鄉間，對於科次窩茲山（Cotswolds）來說也是如此。「若**想像**地理中的家園價值如此備受稱頌，那麼在這種地理空間中沒有家的人，就再度逾越了位居鄉村生活核心的社會文化意義與道德」（Clock *et al.*, 2000: 730）。

115　　家園與鄉村特性之間的這種關連，也顯見於對十九世紀後半葉與廿世紀前卅年間美國流浪漢的反應。1873 年經濟崩潰，以及 1869 年第一條橫貫大陸的鐵路完工後，很多人就成了無家可歸者。他們首度在整個大陸上移動，可以在一兩週內往返東西岸。這些人被稱爲流浪漢（tramps）。對他們的反應之一就是將他們視爲鄉村家園女人的一大威脅。家中男人離家時，就會流傳著流浪漢的故事，他們夜晚來到家門口，威脅女人及其體現的家庭生活。1907 年 7 月 14 日《費城報》（*Philadelphia Press*）報導，「每天報紙都會刊印一則，通常爲兩則事例，有關在賓州東部或紐澤西州南部鄉村地區步行的女人，如何逃避流浪漢帶來的恐懼」（引自 Cresswell, 2001: 93）。不過，最大的威脅是流浪漢上門的時刻。羅德（Henry Rood）在 1889 年的《論壇》（*Forum*）評論道，「一名塊頭壯碩、蓬頭垢面的流浪漢，帶著脅迫的表情要求食物或衣服，在這種情況下，很少有母親，更少有女兒會拒絕給他」（引自 Cresswell, 2001: 94）。這個威脅時刻也是漫畫和海報的主題。1876 年《哈潑》（*Harpers*）雜誌裡的一幅插圖顯示，一名可悲但具威脅性的流浪漢要求金錢或食物，一名手裡拿著木匙、外型像母親的人則畏卻退縮。飯桌已經擺好，晚餐正在烹調。其他男人在外頭徘徊。家，這個位居美國國族神話核心的地方，很顯然遭受了遊民威脅。

在更深刻的層面上，無家可歸基本上是「家」做為一
種特殊地方的觀念的產物。西方世界裡，「家」不但是地
方，還是個理想，是在空間上建構而成的意識形態，通常
與住宅相關。在最基本的層次上，無家可歸的意思是指缺
乏住宅。不過，無家可歸也意味著「移置」（displacement）
──這是一種存在上的匱乏，或許比缺乏庇護所更為根
本。梅伊（Jon May）透過住在各式各樣收容所裡的遊民生
命史研究，探討了「家做為地方」的觀念（May, 2000）。他
與這些男人的訪談，常常喚起一種遠比單純失去狹義的家
園更為深刻的地方失落感。以他與麥可（Michael）的訪談
為例：

訪問者：為什麼離開倫敦？

　麥可：我不知道。我只是想有個新地方。離開這裡。
　　　　我已經受夠了〔長時間停頓〕。你知道，呃，坦
　　　　白講，我大概沒想過這檔事……我並不打算待
　　　　在我到的地方〔他跟太太分居後，暫住旅舍〕，
　　　　所以我說，算了，「隨便什麼地方都一定比這
　　　　裡好」。

訪問者：所以，對你而言，遷移不像是種痛苦的別離。

　麥可：不，我不會說〔不是好像〕我把一切東西都拋
　　　　在腦後，你懂嗎？我的意思是，你就是打包，
　　　　然後離開。

116

訪問者：現在你覺得這裡像是你的城鎮嗎？

麥可：〔反諷的笑聲〕我不知道〔停頓〕。是啊，我想它
　　　變像的──在這個當下……但是一天結束的時候，
　　　你總是說「回家」，對吧？……我的意思是，我跟
　　　一些人交了朋友〔停頓〕，你知道，一起去喝一杯
　　　什麼的。很好，但……不，我不認爲這個地方是
　　　我家……你打哪兒來的地方才是家，不是嗎？

（訪談麥可，33 歲，1997 年 12 月 4 日，May, 2000: 748）

　　如梅伊所述，移置的概念暗示了一種家做爲地方的先
前經驗，「一個超越居所邊界，包含了通常被描述爲『地
方感』的更廣泛歸屬感的地方」（May, 2000: 748）。

　　但是，誠如維尼斯（April Veness）所表明的，無家可歸
也是一個輕蔑那些不符合家園概念的人的用詞，他們不符
合住宅、土地擁有、家庭形式和物質舒適的流行標準
（Veness, 1992）。透過有關遊民的歷史研究和民族誌研究，
維尼斯指出在歷史上被當成「家」的東西縮減了，邊界變
得更加嚴密。住宅形式，例如公共住宅（council housing）、
活動式房屋、收容所、臥室兼起居室，以及學生宿舍，變
得越來越啓人疑竇，尤其是第二次世界大戰以後。在家的
觀念等同於私人住宅所有權的意識形態底下，這些住宅形
式看來似乎都稱不上是家（less-than-home）。甚且，獨棟住
家更合人意。這種住家意識形態可見於 1980 年代佘契爾夫
人（Margaret Thatcher）的「購買權」計劃，公共住宅的居

圖 4.7 《哈潑》雜誌插畫（1876）。在此，兼有女人、兒童和飯桌上晚餐的家庭空間，受到流浪漢上門的威脅。

民被告知，除非他們擁有（own）住家，否則不算真正有合適的家。家確實是個界定常態的範疇。

隨著「家」所能適用的庇護所類型越來越狹窄，越來越多人也就變成了「無家者」。同時，由於遊民生活不遵從房地產版面光明美好的意識形態，使得他們似乎顯得越來越違規踰矩。維尼斯與梅伊訪談的某些遊民，自認擁有叫做家的地方，即使是他們簡陋歇夜的所在，但這些地方在遇見它們的人眼中，完全不算是家。地方、認同與道德之間的緊密關連，替某些顯然「沒有地方」的人，造就了一個艱難的世界。

難民

難民（refugee）與尋求庇護者（asylum-seeker）是這個時代道德恐慌的核心。我們似乎每天都聽見尋求庇護者從英倫海峽的海底隧道進入英國，阿富汗人試圖進入澳洲，阿爾巴尼亞人進入義大利，或者墨西哥人進入美國。另一方面，（在西方世界）我們很少聽見（例如）巴基斯坦的難民，但這裡涉及的人數比前述案例都要來得多。晚近對難民的報導說明了，有相對過多的報導指稱難民是一種「危機」。很多情況下，論點都是主張要有遏止難民和尋求庇護者的措施，這樣一來他們就沒那麼「容易」進入英國、義大利或澳州了。乍看之下，我們可能以為「地方」概念跟了解這個議題沒什麼關係。但是，就像遊民的例子，地方觀念正是位居將難民界定為「問題」——「不得其所」之人——的核心。

儘管難民「問題」看似屬於當代，但我們有必要將難民視為歷史人物。接下來是薩森（Saskia Sassen）在她的《賓客與外人》（*Guests and Aliens*, Sassen, 1999）一書中提供的歷史概述。難民這個詞特別用於指涉十七世紀末被迫離開法國的新教徒。十八世紀，這個詞更廣泛用於形容在艱困時代離開自己國家的人。到了十九世紀，它通常用來指受過良好教育的菁英離開祖國，例如置身法國的波蘭菁英。直到十九世紀末，大量相對貧窮的難民才成為歐洲生

118

活的特色。單單普法戰爭（Franco-Prussian wars, 1864-1871），
就產生了大量移徙的人民，有一千兩百萬人對抗法國。

隨著國族國家成爲歐洲生活的特色，人民越來越擔心被
「外國人」統治。德國人接管了亞爾薩斯—洛倫（Alsace-
Lorraine）地區時，法國驅逐了八萬名德國人，另有十三萬
法國人離開此地回到法國。這些通常是貧窮的難民——勞工
階級，而且往往政治立場基進。儘管如此，有許多地方歡
迎他們充當額外的勞動力。同時，工業革命以及奧地利
（1848）與俄羅斯（1861）農奴制的終止，改變了歐洲的移
動地理。有大批民眾新近獲得了移動能力。例如，歐洲鐵
路建設利用了來自愛爾蘭、義大利和其他地方的移民勞
工。在歐洲之外，殖民主義意味了有大規模的海外移民。
1840 年到 1900 年間，兩千六百萬人離開歐洲。對許多人而
言，這種新興大規模地理移動，並沒有對應於社會流動。

> 這種情況下的新移民，再度接近政治難民的境況。生存
> 鬥爭耗盡他們的精力，沒有雄心壯志的連貫敘事。對眾
> 多新移民與難民而言，移動地理成爲沒有確定目的地的
> 改變動向。他們隨著時運之輪轉，而不是追求命運
> （Sassen, 1999: 45）。

到了第一次世界大戰，兩百多萬名猶太人離開東歐，
奧圖曼帝國（Ottoman Empire）創造了更多難民。「外國人」

或「外人」的概念開始有效忠國家的含意。

第二次世界大戰標誌了現代難民危機的出現。國家主權成為主要的權力形式，並且日益加強邊界管制。護照大致上是這個時期的發明。比較閉關自守的美國，使得難民和移民要進入美國難上加難，這也迫使歐洲人處理來自東方的難民。難民越來越被視為不屬於東道國家社會的一份子，因此他們不被賦予公民權。公民資格與地方緊密相繫。就和先前的流浪者和過路客一樣，「無所之人」是焦慮的來源。國家對付這種焦慮的方式是辨認出他們，然後予以管制。

這段簡史告訴我們，難民是很深刻的歐洲產物──立足於世紀交替的歐洲國族國家組織上。國族邊界的劃設和管制、國家主權的鞏固，以及國族認同的建構，都是將難民生產為「不得其所」之人的必要條件。他們不得其所的地方就是國族，而國族本身是相當晚近的現象。

現代難民由 1951 年日內瓦公約難民身分第一條款（Article 1 of the Geneva Convention Relating to the Status of Refugees），以及 1967 年難民身分公約紐約協定（New York Protocol to the Convention Relating to the Status of Refugees）在法律上加以定義。相關段落如下：

有充分理由恐懼因種族、宗教、國籍、社會群體成員或政治主張因素而遭迫害，因而**置身其所屬國籍之國家以**

外，並且無力或因該恐懼而不願利用該國之保護者；
或，因該類事件導致沒有國籍，並且置身其常居國家之
外，或因該恐懼而不願返國之人（日內瓦公約， Tuitt,
1996: 12）。

　　這項法律定義的核心概念是外國人身分（alienage）（來
自其他地方的人）和跨界移動。你不可能身爲本國內部的
難民。圖特（Tuitt）就認爲，法律運用難民的跨界移動來
建構有限的定義，因而限縮了東道國家的義務。

> 跨界移動——做爲難民現象的識別特徵——顯然大不同
> 於缺乏超乎基本維生所需的資源，因而無法移動的幼童形
> 象。外國人身分的這種概念，就其最基本的理解層次而
> 論，脫離了現實，而現實是乾旱、飢荒和類似的人類苦
> 難，本來就會令大部分人口，尤其是老弱婦孺及他們所
> 仰賴的人無法移動（Tuitt, 1966: 12-13）。

　　將難民定義侷限於有能力移動的人，東道國對移民的
認識，就集中於由移動能力決定的人口上，其中壓倒性多
數是成人與男性。

　　難民從一國移到另一國，引發了國家主權的道德和法
律運用以准許外國人入境的問題。身爲無所之人，難民代
表了國家權力的危機時刻。例如，英國出現難民與尋求庇
護者，就遇到壓制和反動的聲浪，要求保護「我們的地

120

方」，反對據稱不「屬於」此地的新來者「洪水」。有一項
反應，即 1996 年政治庇護與移民法案（1996 Asylum and
Immigration Act）試圖制訂一份視為安全國家的白名單
（White List），來對抗日內瓦公約不設限特殊地方的意圖。
於是，任何要求政治庇護的人會單純因為他們來自某個地方
而自動遭到拒絕。

　　右翼報紙和兩大政黨的政府官員，對於難民和尋求庇
護者的反應，充滿了流動的隱喻。懷特（Allen White）評論
了流傳於 2001 年的故事，這則故事指稱尋求庇護者和非法
移民將口蹄疫病毒帶給英國牛群。他認為，這則故事吻合
了將難民、尋求庇護者和一般移民高度病理化的傾向。

> 在英國，水力學隱喻想像離開與進入受到國際邊界和移
> 民法（水壩或外科手術工具）保護的國家（蓄水庫、湖
> 泊或身體）的移民之流（水、血、疾病）。水流也許會
> 「失控」，威脅所有公民的生計，因此，移民或尋求庇護
> 者的「洪水」威脅要「淹沒」國家。以這種過度簡化但
> 引人注目的整體觀點來再現國家和難民移動，正當化了
> 黑白分明的真理，取代多音、複雜且混亂的故事的做法
> （White, 2002: 1055）。

　　這些流動隱喻在英國有段悠久而爭議多端的歷史。傑
克森（Peter Jackson）追溯了這些隱喻的某些歷史，他指出

政府部長包威爾（Enoch Powell）1960 年代有關移民的演講、佘契爾夫人於 1979 年選舉期間，以及 1986 年替來自非白人大英國協某些地區的入境者採取強制簽證期間的新聞報刊，如何使用這些隱喻。《太陽報》（*Sun*）頭條刊載了「三千名亞洲人湧進英國」，《每日快遞》（*Daily Express*）則聲稱「亞洲洪流淹沒機場」（Jackson, 1989: 143-144）。儘管每回表現憤慨不平時，都會使用這些隱喻，但是到了 1990 年代，這些隱喻更加盛行，此外，對於難民與尋求庇護者的道德恐慌，則升高到新頂點。例如 1995 年 10 月 27 日《每日電訊報》（*Daily Telegraph*）記載「尋求庇護者：荷蘭人遏止非法移民洪流」（*Daily Telegraph*， 1995 年 10 月 27 日）。政府首長屢次談到庇護申請者的「漲潮」，也提到撞得支離破碎的「防洪閘門」。這些隱喻是「不得其所」的隱喻。它們暗指地方、邊界（水閘）和穩定性，遭受流動和移動的難民包圍。難民和尋求庇護者不僅來自其他地方，而且他們可能對「我們的地方」和「我們的文化」造成威脅。

在英國，難民與尋求庇護者的形象已經被嚴重種族化。在論證裡，難民混同了不同種族，國家若接受更多難民，將會威脅內部種族關係。這些主張的焦點總是放在非白人難民身上。將焦點放在難民的種族／族群根源，會使注意力離開移民的原因，並且促進了認為控制難民其實就

121

是控制「經濟移民」的觀點。反對被稱爲經濟移民的人，比起反對難民，更容易言之成理。難民還被罪犯化。他們被指控針對社會福利從事大規模詐欺交易，最近更在難民和恐怖份子間畫上了直接關連。這導致了無論有沒有證據，都強制採取所有庇護申請者的指紋、將尋求庇護者留置於拘留中心，以及差別待遇的住宅法。只要無所之人被當成罪犯對待，他們就很有可能被視爲罪犯。

所謂「新的尋求庇護者」（多半是從事跨大陸旅行的非白種人），是 1970 年代後期的現象。這些新的尋求庇護者（對西方世界而言是新的）挑戰了先前的「白人」難民形象，這種形象是由參照白人歐洲而制定的習例促成的。就是這些尋求政治避難的非白種人，經常被形容成「假貨」或「經濟移民」。在將難民建構成爲問題，而且威脅了「我們的地方」的過程中，這種語言不曾間斷。另外，他們一旦抵達這裡，他們就被認爲取走了那些理當屬於「我們」的資源：

> 造成**庇護問題**特別急迫的原因，就是濫用這種制度的程度越來越高……透過濫用〔庇護〕，沒有合法居留本地權利的外國人，可以避免驅逐出境，獲得延長居留，居留期間還可以在非法地下經濟裡工作，並且利用各種公共服務與利益（Anne Widdecombe ，引自 Young, C., 1997: 64）。

對於難民、尋求庇護者和一般移民的反應，透露了馬爾基（Malkki）稱爲「定居主義」（sedentarist）的思維和行動方式，這是一種珍視根源、地方和秩序勝過移動和流動的世界觀。這使得我們認爲移動者會造成破壞，而且在道德上很可疑。因此，地方在難民的建構上扮演了許多角色。在隱喻層次上，地方使我們對移動產生懷疑。在法律層面，地方使我們得以定義難民。就歷史而言，國族這種地方的建構，則使得身爲外國人的難民有可能存在。

122

結論

在這一章，我們探討了在研究裡使用地方概念的諸多方式裡的一些用法。獲得地方的啓發，所牽涉的事情遠不止於單純描寫某個地方。它還包括了思考地方觀念對於任何研究對象，到底有什麼重要意涵──例如，地方對於記憶建構或遊民世界的重要性。藉由檢視有關移動世界裡的地方創造、記憶地方，以及生活地方的研究，我們就清楚知道地方本身擁有獨特而廣泛的力量。毫無疑問，這些地方創造的行動是政治性且充滿爭議的，而且研究這種「地方政治」是地理探索的重要一環。但是，地方是如此重要的爭論場址的事實，點出了地方在人類生活裡的基本角色──實情是，我們都是地方性的存在。地方在人類生活中

是基本且無可避免的，這種特性使得地方成爲非常重要的政治對象。我們在第二章已經見到，地方或許是社會的建構，但它們是必要的社會建構。

本章後半部，我們審視了地方在構成正常與「病態」（「安適其位」和「不得其所」）上扮演的角色。我們看見各種地方概念，以及地方是家園的想法，如何在正常、自然與適當事物的建構上，扮演了積極角色，而偏離了地方與實踐之間的預期關係，會如何導致異常與不適當的標籤。在此，地方被用來建構理所當然的世界。遊民不僅是頭上沒有屋頂的人，還是被評價爲置身錯誤地方（城市、鄉間、外面、當眾）的人。難民不僅是爲了逃離迫害而遷徙的人，還是以他們的移置建構出來的人。男同性戀者、女同性戀者和雙性戀者被視爲「不得其所」，因爲他們擾亂了我們周遭許多地方的異性戀規範特質。

書寫地方和研究地方牽涉了多重面向的理解，要認識到物理世界（包括「自然」與「文化」）、意義生產過程，以及標誌了社會群體之間關係的權力實踐，等等的匯聚。在不對稱權力關係的脈絡中，有意義世界的生產，發生在全球各種尺度上——小自在牆上貼一張海報，大到宣稱一個新國家成立。地方是由構成「社會」的人群造就的，但地方同時也是生產人際關係的關鍵。換言之，地方位居人類的核心。

　　地方以各種面貌出現在大多數人文地理學研究中。我們很容易就將這種關連視爲當然，因爲我們之中很多人身爲學生踏入地理學時，就認定人文地理學跟地方（全世界的地方）有關。本書已經表明，研讀人文地理學的研究時，重要的是分析作者如何使用地方做爲觀看世界的方式。我們也看到了「地方」不僅止於地理學家的概念工具。地方每天出現在我們的報紙、政治人物的宣言，以及圍繞我們的社會世界中。家具店告訴我們，可以把空間轉變成地方；房地產業者告訴我們可能會想住在哪種地方；政治人物與報社編輯告訴我們，有些人是「不得其所的」。藝術家和作家試圖在作品裡召喚地方，建築師則眞的致力在建築物裡創造出地方感。所以，「地方」不是人文地理學者的專用資產。然而，我們處於一個特殊位置，既要檢視我們自己對這個概念的使用，也要對日常生活裡出現地方概念的許多方式，投以批判的目光。這只能夠立足於地理學涉及了地方的這種常識性看法。

5

地方資源

　　提到地方，生活就是田野。世界本身就是思索地方的最
佳資源。觀察力敏銳的地理學者，可以反省他們的日常經
驗，學到很多有關地方的事情。注意第三章裡瑪西（Doreen
Massey）如何藉由沿著當地大街步行，發展出她的地方研究
取向。同樣的，哈維（David Harvey）仔細思考了他可能在
早餐讀過的當地報紙報導。地方不但圍繞我們，而且是我
們藉以間接經驗世界的許多媒介（報紙、電影、音樂與文
學）的重要成分。不過，本章的焦點放在比較專門的地方
研究資源上。當然，最明顯的資源是地理學和同類學科的
地方研究文獻。本章介紹了關鍵文本。此外，本章也提示
某些有用的網路資源，並建議一些地方研究計劃。

地方的重要專書

使用地方的文獻不計其數。以下是某些以地方爲核心概念的重要書單，包括了作者專著和編輯的書。很多書已經在這本書裡提過了。

Adams, Paul, Steven Hoelscher and Karen Till eds, 2001 *Textures of Place: Exploring Humanist Geographies* (Minneapolis, University of Minnesota Press).

這是近來針對地方和其他地理主題的人文主義取向的重新探索。編輯這本書是爲了向段義孚致敬，裡頭收錄了許多曾與段義孚共事的學生所寫的各種文章。本書值得注意的特點是，接受人文主義薰陶的地理學家和其他人，在沒有完全放棄人文主義主題和洞見的情況下，運用並發展了基進地理學者的批判。

Agnew, John 1987 *Place and Politics* (Boston, Allen and Unwin).

針對地方爲何物，以及地方在正式政治發展中扮演的角色，阿格紐的書是最清楚的說明之一。他的三分式地方定義，區位（location）、場所（locale）和地方感，廣受採納。

Agnew, John and James Duncan, eds. 1990 *The Power of Place* (Boston, Unwin Hyman).

　　這是一本受到新文化地理學批判立場影響，早期的地方研究事例。書中論文採用發展於 1970 與 1980 年代的地方概念，反思地方在權力建構中扮演的角色，以及權力在地方建構裡的角色。

Anderson, Kay, and Faye Gale, eds. 1992 *Inventing Places: Studies in Cultural Geography* (London, Belhaven Press).

　　這是討論地方、權力與再現之間相互關係的論文集，寫作清晰，而且有豐富的經驗實例解說──全都受到新文化地理學理論傳統的啓發。是學生最容易上手的書之一。

Augé, Marc 1995 *Non-Places: Introduction to an Anthropology of Supermodernity* (London, Verso).

　　這是一本廣爲閱讀的論文，討論了地方乃根深柢固、眞實的意義中心的舊觀念，如何遭受了移動與旅行地方激增的挑戰。從法國人類學家的觀點寫就。

Buttimer, Anne and David Seamon, eds. 1980 *The Human Experience of Space and Place* (London, Croom Helm).

　　收錄大部分受現象學和存在主義啓發的人文主義地理學傳統文章的論文集。這些論文關注人類經驗、主體性，以及「在世存有」的性質。

127   Casey, Edward 1993 *Getting Back Into Place: Toward a Renewed Understanding of the Place-World* (Bloomington IN, Indiana University Press).

Casey, Edward 1998 *The Fate of Place: A Philosophical History* (Berkeley, University of California Press).

哲學家凱西（Edward Casey）的這兩本書，試圖了解為什麼哲學家相對而言比較忽視地方。這兩本書探討了哲學家在其著作中思考或忽視地方的不同方式，並為地方的重要性提出縝密佐證的理由。前一本書比較容易讀。

Cresswell, Tim 1996 *In Place/Out of Place: Geography, Ideology and Transgression* (Minneapolis, University of Minnesota Press).

由批判文化理論支撐的這本書，考察地方在建構適當與否之事物觀念上扮演的角色。本書焦點在於人們被認定為舉止「不得其所」的逾越行動，還收錄了三個詳細的個案研究和幾個較短的故事，討論地方在建構「正常」上的角色。

Duncan, James and David Ley, eds. 1993 *Place/Culture/ Representation* (New York, Routledge).

由人文主義和批判地理學取向背景的地理學者合編的論文集，代表了地方及其他地理學主題的新文化地理學研究取向。焦點多半是地方再現的議題。

Entrikin, Nicholas 1991 *The Betweenness of Place: Towards a Geography of Modernity* (London, Macmillan).

　　這是本豐富而複雜的書，將人文主義的地方關注，帶入了 1990 年代。安崔金認為，地方是介於個人／主觀和科學／客觀世界之間的領域，因此有必要以他稱為敘事（narrative）的角度來理解。敘事（故事）既是共享的，也是主觀的，所以十分契合地方的性質。

Hayden, Dolores 1995 *The Power of Place: Urban Landscapes as Public History* (Cambridge MA, MIT Press).

　　針對地方在若干都市地景裡的歷史、襲產與記憶生產上扮演的角色，提出了清晰易懂且深具啓發的解說。

128

Jackson, Peter and Jan Penrose, eds. 1993 *Constructions of Race, Place, and Nation* (London, University College London Press).

　　這本論文集考察了地方如何在意識形態層面連繫上種族觀念。作者群指出，地方和種族都是不斷相互指涉的社會—文化建構。這一點最清楚顯現於國族是具有特殊種族認同之地方的觀念。

Kearns, Gerard and Chris Philo eds. 1993 *Selling Place: the City as Cultural Capital, Past and Present* (Oxford, Pergamon).

　　這是收錄多樣而出色論文的專集，討論城市如何運用

各種推銷的再現策略，使它們的地方從競爭中脫穎而出。全球化世界裡的一項重要論題，就是地方之間相互拼鬥，爭取工作、文化名聲和居民。

Lefebvre, Henri 1991 *The Production of Space* (Oxford: Blackwell).

列斐伏爾（Henri Lefebvre）是法國都市與社會理論家。他的著作對於基進人文地理學有極大影響力。雖然「地方」在這本書裡不是明確關注焦點，但他對「社會空間」的重視，與人文地理學家對「地方」一詞的運用十分類似。這本書的核心焦點之一是，在資本主義社會的脈絡下，為了空間以及在空間裡頭創造意義。

Lippard, Lucy 1997 *The Lure of the Local: Senses of Place in a Multicentred Society* (New York, New Press).

身兼藝術家與作家的李帕德，探討了地域地方的觀點，為何即使在全球化的異質世界裡，還是如此必要且具吸引力。這本容易閱讀的書，針對歐苴（Augé）和梅若維茲（Meyrowitz）有關非地方概念的研究，提出了有趣的對比。

Malpas, J. E. 1999 *Place and Experience: A Philosophical Topography* (Cambridge, Cambridge University Press).

這是一位哲學家豐富而複雜的嘗試，他企圖將地方定

位於人類經驗考察的核心。一如凱西（Casey）與薩克
（Sack），他認為地方是社會與文化建構的必要根底。

Massey, Doreen 1994 *Space, Place and Gender* (Minneapolis, University of
Minnesota Press).

　　瑪西（Doreen Massey）的這本論文集收錄了女性主義視
角對地方與家園觀念的重要陳述，也收錄了本書第三章討
論過的重要論文〈全球地方感〉（A Global Sense of Place）。

Meyrowitz, Joshua 1985 *No Sense of Place: The Impact of Electronic Media on
Social Behaviour* (Oxford, Oxford University Press).

　　梅若維茲認為，電子媒體（尤其是電視）產生了一種越
來越無地方的世界，在此，經驗不斷受到中介和同質化。
這本書應該連同歐莒和瑞爾夫（Relph）的書一起閱讀。

Nast, Heidi and Steve Pile, eds. 1998 *Place Through the Body* (London &
New York, Routledge).

　　1990 年代，除了廣闊的社會與文化理論界，人文地理
學內部也對身體重拾興趣。這本書的論文重振了廿年前西
蒙（David Seamon）所做的某些研究，檢視身體與地方之間
的聯繫。

Relph, Edward 1976 *Place and Placelessness* (London, Pion).

　　這是人文主義地方敘述的經典之一，瑞爾夫奠基於海德格的洞識，將地方觀與「真實性」觀念結合起來。他主張，現代地景越來越「無地方」（placeless），因為地景不允許人成為「存在的局內人」。本書是歐莒著作的先驅。

Sack, Robert 1992 *Place, Consumption and Modernity* (Baltimore, Johns Hopkins University Press).
Sack, Robert 1997 *Homo Geographicus* (Baltimore, Johns Hopkins University Press).

　　薩克的書試圖將地理學，以及特別是地方觀念，安置在我們對於何謂置身世界之中的認識核心。這兩本書在很多方面都奠基於人文地理學的洞見。第一本書考察我們如何經由消費過程來體驗現代世界裡的地方，第二本書則雄心勃勃企圖勾勒地方在我們對道德和倫理的理解上，有其舉足輕重的重要性。應該一併閱讀安崔金（Entrikin）、凱西和梅爾帕斯（Malpas）的著作。

Seamon, David 1979 *Geography of the Lifeworld: Movement, Rest, and Encounter* (New York, St. Martin's Press).

　　西蒙的著作，與瑞爾夫和段義孚的書一樣，都奠基於現象學哲學，但不同的是，梅洛龐蒂（Maurice Merleau-Ponty）是主要啟發他靈感的人。因此，比起專注於理解根

著性和眞實性的地方研究，西蒙的地方研究取向比較關注身體，以及身體的日常活動。

Shields, Robert 1991 *Places on the Margin* (London, Routledge).

《邊緣地方》透過英國和北美的個案研究，探討了被視爲邊緣的地方，往往象徵性地位居公認的認同形式構成的核心。因此，布萊頓（Brighton）這個嘉年華般狂放的地方，准許不正常的行爲舉止，卻使得正常生活得以延續。這本書深受列斐伏爾影響，也和我的《安適其位／不得其所》有很多相通之處。

Tuan Yi-Fu 1974 *Topophilia: A Study of Environmental Perception, Attitudes and Values* (Englewood Cliffs, NJ, Prentice Hall).
Tuan Yi-Fu 1977 *Space and Place: The Perspective of Experience* (Minneapolis, University of Minnesota Press).

段義孚的書對於人文地理學及其他學科，任何有關地方觀念的認識，都極度重要。他寫過很多討論這個主題的書，但這兩本是徵引最廣的書。他在這兩本書所闡述的洞見指出，人類的感知和價值是人類與世界關係中的主要面向，因此有必要嚴肅對待。地方這個核心概念，最完美表達了人類如何爲了在世界上感覺自在，而創造了意義中心和關懷場域。

地方的重要論文

以下是幾個不同脈絡中，處理地方理論化這個困難主題的重要論文。這份清單只是提醒我們，這個主題的文獻有多麼豐富。

131

Buttimer, Anne 1980 Home, Reach, and the Sense of Place, in *The Human Experience of Space and Place* Anne Buttimer and David Seamon, eds. (NY, St. Martins Press) 166-186.

Casey, Edward 1996 How to Get From Space to Place in a Fairly Short Stretch of Time: Phenomenological Prolegomena, in *Senses of Place* Steven Feld and Keith H. Basso, eds. (Santa Fe NM, School of American Research Press).

Cresswell, Tim 2002 Theorising Place in *Mobilizing Place, Placing Mobility* Tim Cresswell and Ginette Verstraete, eds. (Amsterdam, Rodopi) 11-32.

Curry, Michael R. 2002 Discursive Displacement and the Seminal Ambiguity of Space and Place, in *The Handbook of New Media: Social Shaping and Consequences of ICT* Leah Lievrouw and Sonia Livingstone, eds. (London, Sage Publications) 502-517.

Entrikin, J. Nicholas 2001 Hiding Places *Annals of the Association of American Geographers* 91:4, 694-697.

Entrikin, J. Nicholas 1989 Place, Region, and Modernity. in *The Power of Place* John Agnew and James S. Duncan, eds. (London, Unwin Hyman) 30-43.

Harvey, David 1993 From Space to Place and Back Again, in *Mapping the Futures: Local Cultures, Global Change* Jon Bird, Barry Curtis, Tim Putnam, George Robertson and Lisa Tickner, eds. (London, Routledge) 3-29. Also chapter 11 in David Harvey 1996 *Justice Nature and the Politics of Difference* (Oxford, Blackwell).

Lukerman, Fred 1964 Geography as a Formal Intellectual Discipline and the Way in Which it Contributes to Human Knowledge *Canadian Geographer* 8:4, 167-172.

Massey, Doreen 1993 Power-Geography and Progressive Sense of Place in *Mapping the Futures: Local Cultures, Global Change* Jon Bird, Barry Curtis,

Tim Putnam, George Robertson and Lisa Tickner, eds. (London, Routledge) 59-69.

Massey, Doreen 1997 A Global Sense of Place in *Reading Human Geography* Trevor Barnes and Derek Gregory, eds. (London, Arnold) 315-323.

Merrifield, Andrew 1991 Place and Space: A Lefebvrian Reconciliation *Transactions of the Institute of British Geographers* 16:2, 516- 531.

Oakes, Tim 1997 Place and the Paradox of Modernity *Annals of the Association of American Geographers* 87:3, 509-531.

Pred, Allan 1984 'Place as Historically Contingent Process: Structuration and the Time-Geography of Becoming Places' *Annals of the Association of American Geographers* 74:2, 279-297.

Rose, Gillian 1994 The Cultural Politics of Place: Local Representation and Oppositional Discourse in Two Films *Transactions of the Institute of British Geographers* 19: 46-60.

Seamon, David 1980 Body-Subject, Time-Space Routines and Place-Ballets, in *The Human Experience of Space and Place* Anne Buttimer and David Seamon, eds. (London, Croom Helm) 148-165.

Thrift, Nigel 1999 Steps to an Ecology of Place, in *Human Geography Today* Doreen Massey, John Allen and Philip Sarre, eds. (Cambridge, Polity Press) 295-322.

Tuan, Yi-Fu 1974 'Space and Place: Humanistic Perspective' *Progress in Human Geography* 6: 211-252.

Tuan, Yi-Fu 1991 Language and the Making of Place: A Narrative-Descriptive Approach' *Annals of the Association of American Geographers* 81: 4, 684-696.

Tuan, Yi-Fu 1991 A View of Geography *Geographical Review* 81: 1, 99-107. [132]

Zukin, Sharon 1993 Market, Place and Landscape in *Landscapes of Power: From Detroit to Disney World* (Berkeley, University of California Press) 3-25.

導論性的地方著述

以下是有關地方的專書和論文,試圖以容易了解的方

式向各級學生介紹地方。

Bradford, Michael 2000 Geography: Pride of Place *Geography* 85: 4, 311-321.

Cresswell, Tim 1999 Place, in *Introducing Human Geographies* Paul Cloke, Philip, Crang and Mark Goodwin, eds. (London, Arnold) 226-234.

Daniels, Stephen 1992 Place and the Geographical Imagination *Geography* 77: 310-322.

Holloway, Lewis and Phil Hubbard 2000 *People and Place: The Extraordinary Geographies of Everyday Life* (Upper Saddle River NJ, Prentice Hall).

McDowell, Linda 1997 ed. *Undoing Place? A Geographical Reader* (London, Edward Arnold).

Rose, Gillian 1995 Place and Identity: A Sense of Place, in *A Place in the World? Places, Cultures and Globalisation* Doreen Massey and Pat Jess eds. (Oxford, The Open University Press) 87-118.

其他有關地方的專書和論文

以下列舉的論文和專書，以主題歸類。它們不討論地方本身，而是運用地方觀念來檢視其他主題，例如運動、媒體或網際空間等。

地方、再現與通俗文化

這些專書與論文聚焦於媒體、電影和音樂中再現地方的方式。

Aitken, Stuart C. and Leo E. Zonn, eds. 1994 *Place, Power, Situation, and*

Spectacle: A Geography of Film (Lanham, Md., Rowman & Littlefield).

Burgess, Jacquie and John Gold, eds. 1985 *Geography, the Media and Popular Culture* (London, Croom Helm).

Cresswell, Tim and Deborah Dixon, eds. 2002 *Engaging Film: Geographies of Mobility and Identity* (Lanham, Md., Rowman & Littlefield).

Curry, Michael 1998 *Digital Places: Living with Geographic Information Technologies* (New York, Routledge).

Leyshon, Andrew; David Matless and George Revill, eds. 1998 *The Place of Music* (New York, Guilford).

Morley, David 2001 Belongings: Place, Space and Identity in a Mediated World. *European Journal of Cultural Studies* 4: 4, 425- 448.

Zonn, Leo, ed. 1990 *Place Images in Media: Portrayal, Experience, and Meaning* (Savage, MD, Rowman & Littlefield).

地方、排他與逾越

以下專書和論文討論地方在指稱某些人群和言行舉止是「不得其所」時扮演的角色，包括女性、遊民、身心障礙者、男同性戀者、女同性戀者和雙性戀者，以及在西方社會被歸入「他者」的其他群體。

Boyer, Kate 1998 Place and the politics of virtue: clerical work, corporate anxiety, and changing meanings of public womanhood in early twentieth-century Montreal *Gender, Place and Culture: A Journal of Feminist Geography* 5: 3, 261-275.

Brown, Michael P 2000 *Closet Space: Geographies of Metaphor from the Body to the Globe* (London, Routledge).

Cloke, Paul, Paul Milbourne & Rebekah Widdowfield 2000 Homelessness and Rurality: 'Out-of-Place' in Purified Space? *Environment and Planning D: Society and Space* 18: 6, 715-735.

Domosh, Mona 1998 Geography and Gender: Home, Again? *Progress in Human Geography* 22: 2, 276-282.

Duncan, Nancy, ed. 1996 *BodySpace: Destablizing Geographies of Gender and Sexuality* (London, Routledge).

Forest, Benjamin 1995 West Hollywood as Symbol: The Significance of Place in the Construction of a Gay Identity *Environment and Planning D: Society and Space* 13: 2, 133-157.

Halfacree, Keith 1996 'Out of Place in the Country: Travelers and the "Rurai Idyll"'. *Antipode* 28: 1, 42-72.

hooks, bell 1990 Homeplace: A Site of Resistance, *Yearning: Race, Gender, and Cultural Politics* (Boston, South End Press).

Kitchin, Rob M. 1998 'Out of Place', Knowing One's Place: Towards a Spatialised Theory of Disability and Social Exclusion *Disability and Society* 13: 3, 343-356.

May, Jon 2000 Of Nomads and Vagrants: Single Homelessness and Narratives of Home as Place *Environment and Planning D: Society and Space* 18: 6, 737-759.

Pile, Steve and Michael Keith eds. 1997 *Geographies of Resistance* (London, Routledge).

Philo, Chris 1995 Animals, Geography, and the City: Notes on Inclusions and Exclusions *Environment and Planning D: Society and Space* 13: 6, 655-681.

Radner, Hilary 1999 Roaming the City: Proper Women in Improper Places, in *Spaces of Culture: City-Nation-World* Mike Featherstone and Scott Lash, eds. (London, Sage Publications) 86-100.

134 Sibley, David 1995 *Geographies of Exclusion: Society and Difference in the West* (London, Routledge).

Valentine, Gili 1996 'Children Should be Seen and Not Heard: The Production and Transgression of Adult's Public Space' *Urban Geography* 17:3, 205-520.

地方與運動

地方在運動與休閒上扮演要角。地理學家貝爾（John

Bale）在幾本重要的專書和論文中，闡述了這些關連。

Bale, John 1988 The Place of‘Place’in Cultural Studies of Sports *Progress in Human Geography* 12: 4, 507-524.
Bale, John 1992 *Sport, Space, and the City* (London, Blackburn Press).

地方的其他研究取向：生態學、規劃、建築

這本書的焦點是人文地理學內部如何使用地方。然而，地方在其他領域也是個重要概念。其中一個領域是生態學和環境倫理，地方被設想爲區域及其資源、動植物群落之間的緊密連結。生態學地方研究取向使用的主要概念術語是「生物區」（bioregion）。生物區是：

> 在土壤、流域、氣候、原生動植物方面有共同特徵的地理區，在整個地球生物圈裡是獨特而具固有貢獻的地方。生物區既指涉地理區域，也是意識地帶──涉及了一個地方，以及逐漸產生的如何於該處生活的想法。生物區最初可能取決於氣候學、自然地理學、動植物地理學、自然史和其他描述性自然科學的用法。然而，生物區最終的邊界，最好是以住在該地區的人，透過對生活於地方（living-in-place）之現實的人類認知來描述。在生物和影響生物的因素之間，有種特殊的共鳴，這種共鳴特別會發生於地球各處不同地方的內部。發現共鳴並

加以描述，是描繪生物區的一種方式。

伯格（Peter Berg），植物鼓基金會（Plant Drum Foundation）

董事，達斯曼（Raymond Dasmann），野生生物生態學者

（引自 http://home.klis.com/~chebogue/p.amBio.html ，2003

年 7 月 30 日引用）。

　　生物區域學家認為，我們當前的地方體系是任意武斷

的，多半是人為產物。他們指出，現行政治地方的安排擾

亂了生物區系統，使得生態問題的解決益加困難。瑟爾

（Kirkpatrick Sale）在他的《大地居民》（*Dwellers in the Land*）

一書中，主張從尺度、經濟、政體和社會等角度，提出生

物區的組織。他認為，人群必須接近他們的政府形式，而

且應該在行動後果清晰可見的尺度上過活。多數人文地理

學家會提出異議，認為瑟爾的地方視野過分受限於地域，

且具高度排他性。他們也認為生物區表面上的自然性質

──通常基於地下水位（watertables）──其實是具有社會

任意性的。

　　以下文獻可讓我們稍加體會。

Berry, Wendell 1996 *The Unsettling of America* (San Francisco, Sierra Club Books).

Berthold-Bond, Daniel 2000 The Ethics of 'Place': Reflections on Bioregionalism. *Environmental Ethics* 22: 1, 5-24.

Jackson, Wes 1994 *Becoming Native to This Place* (Lexington, University Press of Kentucky).

Norton, B.G., and B. Hannon 1997 Environmental Values: a Place-Based

Theory. *Environmental Ethics* 19: 3, 227-245.

Norton, Bryan and Bruce Hannon 1999 Democracy and Sense of Place Values in Environmental Policy, in *Philosophies of Place: Philosophy and Geography III* Andrew Light and Jonathan Smith, eds. (Lanham, Rowman and Littlefield).

Sale, Kirkpatrick 1985 *Dwellers in the Land: The Bioregional Vision* (San Francisco, Sierra Club).

Smith, Mick 2001 *An Ethics of Place: Radical Ecology, Postmodernity, and Social Theory* (Albany, SUNY Press).

Snyder, Gary 1996 *A Place in Space: Ethics, Aesthetics and Watersheds* (San Francisco, Counterpoint Press).

Spretnak, Charlene 1997 *The Resurgence of the Real: Body, Nature, and Place in a Hypermodern World* (Reading, Mass., Addison-Wesley).

Wolch, Jennifer and Jody Emel eds. 1998 *Animal Geographies: Place, Politics, and Identity in the Nature-Culture Borderlands* (London, Verso).

　　另一個經常考慮地方的傳統，是建築與都市規劃。畢竟，這些人被委以創造物質地方的任務。有很多書論及建築和都市規劃過程造成地方的死亡。此外，有些人的著作，例如戴伊（Christopher Day）和亞歷山大（Christopher Alexander），試圖發展創造具深刻感受地方的新方法，以便營造根柢更深且富有意義的生活。這些建築師的工作與某些人文主義地理學間，有很多共同點，而且讓我們對於各種地方觀念如何付諸實踐，有些實際的感受。

Alexander, Christopher 1977 *A Pattern Language: Towns, Buildings, Construction* (Oxford, Oxford University Press).

Arefi, Mahyar 1999 Non-Place and Placelessness as Narratives of Loss: Rethinking the Notion of Place *Journal of Urban Design* 4: 2, 179-194.

Day, Christopher 1993 *Places of the Soul: Architecture and Design as a Healing Art* (London, Harper Collins).

Day, Christopher 2002 *Spirit and Place: Healing Our Environment* (London, Architectural Press).

Hiss, Tony 1990 *The Experience of Place* (New York, Knopf).

Kunstler, James 1994 *The Geography of Nowhere: The Rise and Decline of America's Manmade Landscape* (New York, Touchstone Books).

Lawrence, Denise L. and Setha M. Low 1990 The Built Environment and Spatial Form. *Annual Review of Anthropology* 19, 453-505.

Mugerauer, Robert 1994 *Interpretations on Behalf of Place* (Albany NY, State Univ. Press).

Norberg-Schulz, Christian 1980 *Genius Loci: Towards a Phenomenology of Architecture* (New York, Rizzoli).

Walters, E. V. 1988 *Placeways: A Theory of the Human Environment* (Chapel Hill, University of North Carolina Press).

重要期刊

我們可以在以地理學爲主的專門學術期刊中,找到最新的地方書寫。定期檢視這些期刊,你便見到地方概念如何持續演變,研究者和作者如何以迥異且經常彼此競爭的方式來使用地方概念。這份名單僅限於英文期刊。

The Transactions of the Institute of British Geographers
The Annals of the Association of American Geographers
Australian Geographer
Canadian Geographer
The New Zealand Geographer
Area

The Professional Geographer

　　這些期刊全都涵蓋了兼具人文與自然地理的廣泛地理學範圍，而且它們通常是各國地理學會的主要出版通路。一般公認這些期刊是對國際讀者發表著述的首要園地。

Antipode: A Radical Journal of Geography

　　這本期刊專門刊登扣接學術探討與社會政治變遷及行動的研究。發表的文章通常受到馬克思主義、女性主義和無政府主義這類基進理論傳統影響。

137

Gender, Place and Culture

　　這裡的論文聚焦於性別、性慾特質和地理之間的相互關係。這是女性主義地理學者發表論文的主要管道。

Environment and Planning D: Society and Space

　　這本期刊的論文稍微比其他期刊重視理論。通常可以在這裡找到研究領域的「尖端」發展。

Progress in Human Geography

　　這是閱讀有關地理學各次領域的評論，以及試圖總結該領域發展，並建議往後創新方向的論文的絕佳所在。

Political Geography

　　這本期刊處理地理世界（包括地方）與各種政治層次（包括正式、制度，以及日常性的多樣變化層次）的互動。這裡是尋找有關邊界、國族、區域治理等研究的好地方。

Journal of Historical Geography

　　這裡可以找到不少論文，深入探討過去的地方，以及地方在記憶與襲產建構上的角色。

Cultural Geographies (formally Ecumene)
Social and Cultural Geography

　　這兩本期刊都專注於文化／社會地理學，刊載許多探討地方意義與實踐之建構、維繫和轉變的論文。

Ethics, Place and Environment

　　這本期刊的論文關注地理學內部的倫理議題。這些議題包括環境倫理，以及地方在「道德地理」建構中的角色。

Health and Place

　　這是一份醫療地理學期刊，專門探討地理學和醫療議題的相互關係，例如健康與不健康的地方、傳染病，以及有關環境如何影響健康的歷史信仰等。

網路資源

　　當然，有無數特殊地方的網站——西方世界幾乎所有地方都有自己的網站。羅列於後的網站跟地方概念及本書提到的作者比較直接相關。

http://www.augustana.ca/~janzb/place/

　　由加拿大奧古斯塔拿大學學院（Augustana University College）哲學系副教授詹斯（Bruce B. Janz）建立的這個網站，對於關心地方與空間的學者而言，是個內容豐富的資源。他匯集了數量龐大的材料，包含的學科十分廣泛，並且讓全世界對這些主題感興趣的人都可以使用。裡頭包含了文章和網站連結，以及一些有趣的引文和評論。

http://www.placematters.net/

　　「地方很重要」（Place Matters）的基地在紐約市，是致力保存並促進城市裡特殊地方的組織。資料包括了紐約人關心的地方戶口普查，以及他們為何認為地方很重要的簡短說明。

http://www.cnr.berkeley.edu/community_forestry/Place_bib.htm

　　這是來自加州大學柏克萊校區（University of California

at Berkeley），運作中的地方資料參考文獻。

http://www.lclark.edu/-soan370/global/nomads.html

這個迷人的網站檢視了幾則廣告中地方與非地方的角色。

http://www.dareonline.org/themes/space/index.html

這個稱爲「空間與地方」的網站，利用藝術和啓發性
的文本來探索空間、地方、邊界與移動的關係。

139　http://www.reaktionbooks.co.uk/list_topographics.html

促銷一套名爲「地誌學」叢書的網站。這是一套結合
學術取向與個人反思和創意書寫的地方著述。

http://www.cybergeo.presse.fr

爲地理學家而設的歐洲多語言網路期刊。

http://www.acme-journal.org

爲批判地理學架構的網路期刊。

http://www.headmap.org

一段迷人而有創意的探險，考察網際空間脈絡下，地
方、空間和繪圖的議題。

有些網站專注於建築和生態的地方觀點，包括：

http://home.klis.com/~chebogue/p.amBio.html

一個生物區域主義（bioregionalism）的網站。

http://www.gutenbergdump.net/axe/placequiz.htm

一個詢問「你有多認識你的地方？」的測驗，奠基於生物區視角。

http://www.olywa.net/speech/may99/mccloskey.html

一篇麥克勞斯基（David McCloskey）所寫，題為〈生物區是生命之地〉（A Bioregion is a Life-Place）的文章。

http://www.webcom.com/penina/spirit-and-place/

這個網站簡略介紹戴伊（Christopher Day）的著作，他是一名英國建築師，嘗試在他的建築裡誘發「地方精神」。

學生研究計畫與作業

為學期報告、榮譽學位論文或學術論文挑選研究計劃，是一件苦差事。我在薛莫—史密斯（Pamela Shurmer-Smith）編輯的《從事文化地理學研究》（*Doing Cultural Geography,*

2002）裡，見過最佳的忠告。這本書的作者群談到學生往往對特殊主題感興趣，卻無法確切指出什麼因素使得這個主題饒富趣味。這種情況的後果是滿腔熱情、但零碎片斷的學期報告。他們建議從不同的視角著手。與其從一個主題出發，他們建議不如從一個視角或理論取向開始，**然後**找一個能夠闡明並彰顯該取向重要性的廣泛主題。

多數地方研究，包括以下的研究計劃構想，都是質性研究。的確，某些計量研究或許可以提供地方的背景資料，但是以主體性和經驗為主的地方概念，意味了檔案研究、視覺分析、觀察、訪談和民族誌的研究形式，將是最重要的方法論。

以下針對產出優良學生研究計劃的理論和經驗領域，提出很廣泛的建議。這份名單絕非無所不包，只想指出地理學家可以探討的主題有多廣。這些主題的重疊程度也很大。

地方與再現

地方如何被再現？誰有權再現？什麼東西不被再現？為何使用特殊的形式再現地方？

這裡的焦點可以放在你附近的地方。大多數城鎮和城市都由當地觀光局、地方政府、房地產仲介業者（不動產經紀人）等以某種方式再現。或者，你可以檢視某些藝術再現形式，例如文學、電影、音樂或網際網路。舉例來

說，可以想一想洛杉磯在好萊塢電影中的呈現方式，或者
澳洲內地在電影裡扮演的角色，例如《沙漠妖姬》（*Priscilla:
Queen of the Desert*）和《鱷魚先生》（*Crocodile Dundee*）。或
者，你可以想到特殊地方與再現形式的關連方式。譬如在
流行音樂中，我們經常聽見一些地方音樂，像是「馬其節
奏」（The Mersey Beat）（利物浦）、酷凱爾特（Cool Cymru）
（威爾斯）或汽車城音樂（Motown）（底特律）。

地方錯置（anachorism）——不得其所

地方在「正常」的建構中扮演什麼角色？特殊活動、
人員和物件，如何與特殊地方關連起來？誰決定活動、人
員和物件不得其所（地方錯置）？

地方與全國媒體是找尋這方面事例的好地方。英國近 141
來的例子，包括鄉村地區的娼妓、尋求庇護者，以及位於
布萊頓（Brighton）和霍夫（Hove）的後現代摩天大樓。在
美國，針對移民在美國地方建構上扮演的角色，持續不斷
有討論，針對美墨邊境上特殊的跨國地方形式的建構，也
有更具體的解說。在國際上，有關於鄰近雅典的希臘第一
個官方清真寺（奧林匹克運動會期間）、都柏林（Dublin）
住宅區出現的馬匹和小馬，以及東歐吉普賽旅行者的困境
的討論。幾乎各地都不斷討論遊民的「地方」。地方錯置的
例子幾乎無窮。

全球地方感

全球化過程如何改變傳統的地方感？跨國貿易如何經由地方，並且在地方裡運作？網際網路對我們與地方的關係造成什麼影響？網際空間如何創造虛擬地方？食物、音樂或服飾如何產生全球地方感？全球日益提升的移動性，是否造成了無地方的地方？

幾乎西方世界裡的任何地方，都包括了來自他方的人員、事物和觀念。看看你的周遭，你就會明白。這些流動如何從外界建構了你居住、工作或受教育的當地？你也許可以挑選日常生活裡的一個元素，探討它對你的地方造成的衝擊。這個元素可能是世界音樂、移民群體、「族裔」食物，或是抗議政治的全球化形式。

地方與記憶

地方與歷史如何發生關連？物質地景紀念了什麼記憶？隱藏了什麼記憶？記憶如何多所爭議？

如我們所見，地方是記憶建構的重要成分。史蹟和博物館雨後春筍般四處湧現。找一個理應再現你居住區域的城市的地方博物館，探討它的再現策略。博物館如何藉由與過往連結的方式來創造地方感？住宅區如何透過複製有關過往的特殊觀念的計劃來設置？執行這些研究計劃時，

重要的是考察不被這些地方複製的記憶。為何如此？地方不只是小尺度和地域性的。國族也是地方。國族的建構如何與選擇性的歷史扯上關係？譬如，北美、澳洲或紐西蘭原住民的過往，在國族的討論中如何遭到邊緣化，或者浮上檯面？最近移民的經驗與記憶，如何被排除在外或涵蓋在內？

實踐與地方

實踐與地方如何產生關係？日常活動的重複如何產生特殊的地方感？如何建構地方來鼓勵某些實踐形式，並壓抑其他實踐？

為了充分理解地方，有必要考察地方的物質形式及其再現以外的事物。人的作為無法完全預測，擬定的最佳計劃往往遭到頑強的反覆實踐改變。你的地方是怎樣被實踐的？可以觀察到什麼反覆形式，產生了獨特的「地方芭蕾」？地方在一天中如何改變？地方的節奏地理是什麼？怎樣的實踐會擾亂這些反覆？許多實踐研究探討平凡無奇的日常生活實踐，有時候很難書寫或研究，因為它非常不起眼。這種研究計劃需要非常仔細的觀察。

地方與政治

政治人物如何透過創造政治疆域來促進地方？利用了

什麼再現策略創造從地域到全球的政治地方？一方是國際
化過程，另一方是中央政府權力下放，它們如何創造了地
方的新地景？

　　地方對政治人物至關重要。從地方議會到聯合國的政
治人物，都想激發歸屬與公民身分的感受。為此，他們創
造出一群自覺彷彿「歸屬」某地的人類社群。十八世紀以
降，政治人物就透過像是賦予公民權利、國歌、護照、創
世神話和紀念空間等策略，來創造國族地方。最近，區域
政治人物試圖推動他們做為地方的區域（region-as-place）
的特殊形象。在英國，這在威爾斯與蘇格蘭等地方很明
顯，而且譬如說在英格蘭北部或康瓦耳也很重要。在美
國，各州始終為了公民忠誠問題和聯邦政府槓上。德州就
是個好例子。另一方面，美國某些地方被當地政治人物宣
傳成比較自由的居住地點──像是西好萊塢或佛蒙特州
（Vermont）。最後，國際政治人物則試圖生產出包含國族的
地方。歐盟就是個很明顯的例子。

參考書目

Agnew J. 1987 *The United States in the World Economy* Cambridge University Press, Cambridge.

Agnew J. A. 2002 *Place and Politics in Modern Italy* University of Chicago Press, Chicago, London.

Aitken S. C. and Zonn L. eds. 1994 *Place, Power, Situation, and Spectacle: A Geography of Film* Rowman & Littlefield, Lanham, MD.

Anderson B. R. O. G. 1991 *Imagined Communities: Reflections on the Origin and Spread of Nationalism* Verso, London, New York.

Anderson K. 1991 *Vancouver's Chinatown: Racial Discourse in Canada*, 1875-1980 McGill-Queen's University Press, Montreal.

Anderson K. 1996 Cultural Hegemony and the Race-Definition Process in Chinatown, Vancouver: 1880-1980 in Hamnett C., ed. *Social Geography: A Reader* Arnold, London 209-235.

Appleby S. 1990 Crawley: A Space Mythology *New Formations* 11,19-44.

Augé M. 1995 *Non-Places: Introduction to an Anthropology of Supermodernity* Verso, London, New York.

Bachelard G. 1994 *The Poetics of Space* Beacon Press, Boston.

Barnes T. J. and Gregory D. eds. 1997 *Reading Human Geography: The Poetics and Politics of Inquiry* Wiley, London, New York.

Bauman Z. 1995 *Life in Fragments: Essays in Postmodern Morality* Blackwell, Oxford.

Bell D. and Valentine G. eds. 1995 *Mapping Desire: Geographies of Sexualities* Routledge, London, New York.

Bell D., Binnie J., Cream J. and Valentine G. 1994 All Hyped up and No Place to Go *Gender, Place and Culture* 1, 31-47.

Bird J., Curtis B., Robertson G. and Tickner L. eds. 1993 *Mapping the Futures: Local Cultures, Global Change* Routledge, London, New York.

Brown M. P. 2000 *Closet Space: Geographies of Metaphor from the Body to the Globe* Routledge, London, New York.

Burgess J. A. and Gold J. R. eds. 1985 *Geography, the Media & Popular Culture* Croom Helm, London.

Buttimer A. 1971 *Society and Milieu in the French Geographic Tradition* Published for the Association of American Geographers by Rand McNally, Chicago.

Buttimer A. and Seamon D. eds. 1980 *The Human Experience of Space and Place* St. Martin's Press, New York.

Carrington D. 1984 *Granite Island: A Portrait of Corsica* Penguin, London.

Casey E. 1996 How to Get from Space to Place in a Fairly Short Stretch of Time in Feld, S. and Baso, K. eds. *Senses of Place* School of American Research, Santa Fe 14-51.

Casey E. S. 1987 *Remembering: A Phenomenological Study* Indiana University Press, Bloomington.

Casey E. S. 1998 *The Fate of Place: A Philosophical History* University of California Press, Berkeley.

Charlesworth A. 1994 Contesting Places of Memory: The Case of Auschwitz *Environment and Planning D: Society and Space* 12:5, 579-593.

Christaller W. and Baskin C. W. 1966 *Central Places in Southern Germany* Prentice-Hall, Englewood Cliffs, NJ.

Clayton D. W. 2000 *Islands of Truth: The Imperial Fashioning of Vancouver Island* UBC Press, Vancouver.

Cloke P., Milbourne P. and Widdowfield R. 2000 Homelessness and Rurality: 'Out-of-Place' in Purified Space? *Environment and Planning D: Society and Space* 18:6, 715-735.

Cosgrove D. 1984 *Social Formation and Symbolic Landscape* Croom Helm, London.

Craddock S. 2000 *City of Plagues: Disease, Poverty, and Deviance in San Francisco* University of Minnesota Press, Minneapolis.

Cresswell T. 1994 Putting Women in Their Place: The Carnival at Greenham Common *Antipode* 26:1, 35-58.

Cresswell T. 1996 *In Place/Out of Place: Geography, Ideology and Transgression* University of Minnesota Press, Minneapolis.

Cresswell T. 2001 *The Tramp in America* Reaktion, London.

Cresswell T. and Dixon D. eds. 2002 *Engaging Film: Geographies of Mobility and Identity* Rowman & Littlefield, Lanham, MD.

Cronon W. 1991 *Nature's Metropolis: Chicago and the Great West* Norton, New York.

Cronon W. 1992 Kennecott Journey: The Paths out of Town in Cronon, W., Miles, G. and Gitlin, J. eds. *Under an Open Sky* Norton, New York 28-51.

de Certeau M. 1984 *The Practice of Everyday Life* University of California Press, Berkeley, CA.

de Lauretis T. 1990 Eccentric Subjects: Feminist Theory and Historical Consciousness *Feminist Studies* 16:1, 115-150.

Desforges L. & Maddern J. forthcoming Front Doors to Freedom, Portal to the Past: History at the Ellis Island Immigration Museum, New York *Journal of Social and Cultural Geography*.

Deutsche R. 1988 Uneven Development: Public Art in New York City *October* 47, 3-52.

Douglas M. 1966 *Purity and Danger; an Analysis of Concepts of Pollution and Taboo* Praeger, New York.

Duncan N. 1996 Renegotiating Gender and Sexuality in Public and Private Spaces in Duncan, N. ed *Bodyspace* Routledge, London 127-45.

Edensor T. 2002 *National Identity, Popular Culture and Everyday Life* Berg, Oxford, New York.

Entriken J. N. 1985 Humanism, Naturalism and Geographic Thought *Geographical Analysis* 17, 243-247.

Entriken J. N. 1991 *The Betweenness of Place: Towards a Geography of Modernity* Macmillan, London.

Escobar A. 2001 Culture Sits in Places: Reflections on Globalism and Subaltern Strategies of Localization *Political Geography* 20:2, 139-74.

Fleure H. 1919 (1996) Human Regions in Agnew, J., Livingstone, D. and Rogers, A. eds. *Human Geography: An Essential Anthology* Blackwell, Oxford 385-387.

Foote K. E. 1997 *Shadowed Ground: America's Landscapes of Violence and Tragedy* University of Texas Press, Austin.

Forest B. 1995 West Hollywood as Symbol: The Significance of Place in the Construction of a Gay Identity *Environment and Planning D: Society and Space* 13:2,133-157.

Gandy M. 2002 *Concrete and Clay: Reworking Nature in New York City* MIT Press, Cambridge, MA.

Giordano B. 2000 Italian Regionalism or "Padanian' Nationalism - the Political Project of the Lega Nord in Italian Politics *Political Geography* 19:41, 445-471.

Gregory D. 1998 *Explorations in Critical Human Geography: Hettner-Lecture 1997* Department of Geography University of Heidelberg, Heidelberg.

Hartshorne R. 1959 *Perspective on the Nature of Geography* Published for the Association of American Geographers by Rand McNally, Chicago.

Hartshorne R. 1939 *The Nature of Geography; a Critical Survey of Current Thought in the Light of the Past* The Association, Lancaster, PA.

Harvey D. 1989 *The Condition of Postmodemity*, Blackwell, Oxford.

Harvey D. 1996 *Justice, Nature and the Geography of Difference* Blackwell Publishers, Cambridge, MA.

Harvey D. 2000 *Spaces of Hope* University of California Press, Berkeley.

Hayden D. 1995 *The Power of Place: Urban Landscapes as Public History* MIT Press, Cambridge, MA.

Hebdige D. 1988 *Subculture: The Meaning of Style* Routledge, London.

Heidegger M. 1971 *Poetry, Language, Thought* Harper & Row, New York.

Herbertson A. 1905 The Major Natural Regions: An Essay in Systematic Geography *Geographical Journal* 25, 300-312.

hooks b 1990 *Yearning: Race, Gender, and Cultural Politics* South End Press, Boston, MA

Hoskins G. forthcoming A Place to Remember. Scaling the Walls of Angel Island Immigration Station *Journal of Historical Geography*.

Hubbard P. 1997 Red-Light Districts and Toleration Zones: Geographies of Female Street Prostitution in England and Wales *Area* 29:2, 129-140.

Hubbard P. 1998 Community Action and the Displacement of Street Prostitution: Evidence from British Cities *Geoforum* 29:3, 269-286.

Hubbard P. 2000 Desire/Disgust: Mapping the Moral Contours of Heterosexuality *Progress in Human Geography* 24, 191-217.

Jackson J. B. 1997 *Landscape in Sight: Looking at America* Yale University Press, New Haven, CT.

Jackson P. 1989 *Maps of Meaning* Unwin Hyman, London.

Johnson N. C. 1994 Sculpting Heroic Histories: Celebrating the Centenary of the 1798 Rebellion in Ireland *Transactions of the Institute of British Geographers* 19:1, 78-93.

Johnson N. C. 1996 Where Geography and History Meet: Heritage Tourism and the Big House in Ireland *Annals of the Association of American Geographers* 86:3, 551-566.

Johnston R. J. 1991 *A Question of Place: Exploring the Practice of Human Geography* Blackwell, Oxford.

Kearns G. and Philo C. eds. 1993 *Selling Places: The City as Cultural Capital, Past and Present* Pergamon Press, Oxford, New York.

Kitchin R. 1998 'Out of Place', 'Knowing One's Place': Space, Power and the Exclusion of Disabled People *Disability and Society* 13:3, 343-356.

Lefebvre H. 1991 *The Production of Space* Blackwell, Oxford, UK.

Ley D. 1977 Social Geography and the Taken-for-Granted World *Transactions of the Institute of British Geographers* 2:4, 498-512.

Leyshon A., Matless D. and Revill G. eds. 1998 *The Place of Music* Guilford Press, New York.

Lippard L. 1997 *The Lure of the Local: Senses of Place in a Multicultural Society* The New Press, New York.

Lösch A. 1954 *The Economics of Location* Yale University Press, New Haven, CT.

Lukerman F. 1964 Geography as a Formal Intellectual Discipline and the Way in Which It Contributes to Human Knowledge *Canadian Geographer* 8:4, 167-172.

MacLeod G. and Jones M. 2001 Renewing the Geography of Regions *Environment and Planning D: Society and Space* 19:6, 669-695.

Malkki L. 1992 National Geographic: The Rooting of Peoples and the Territorialization of National Identity among Scholars and Refugees *Cultural Anthropology* 7:1, 24-44.

Malpas J. E. 1999 *Place and Experience: A Philosophical Topography* Cambridge University Press, Cambridge.

Martin B. and Mohanty C. 1986 Feminist Politics: What's Home Got to Do with It? in de Lauretis, T. ed *Feminist Studies/Cultural Studies* Indiana University Press, Bloomington 191-212.

Massey D. 1997 A Global Sense of Place in Barnes, T. and Gregory, D. eds. *Reading Human Geography* Arnold, London 315-323.

May J. 1996 Globalization and the Politics of Place: Place and Identity in an Inner London Neighbourhood *Transactions of the Institute of British Geographers* 21:1, 194-215.

May J. 2000 Of Nomads and Vagrants: Single Homelessness and Narratives of Home as Place *Environment and Planning D: Society and Space* 18:6, 737-759.

Meyrowitz J. 1985 *No Sense of Place: The Impact of Electronic Media on Social Behavior* Oxford University Press, New York.

Newman O. 1972 *Defensible Space* Macmillan, New York.

Paasi A. 1996 *Territories, Boundaries, and Consciousness: The Changing Geographies of the Finnish-Russian Border* J. Wiley & Sons, Chichester.

Paasi A. 2002 Place and Region: Regional Worlds and Words *Progress in Human Geography* 26:6, 802-811.

Parr H. and Philo C. 1995 Mapping Mad Identities in Pile, S. and Thrift, N. eds. *Mapping the Subject* Routledge, London 199-225.

Philo C. 1987 'The Same and the Other': On Geographies, Madness and Outsiders Loughborough University of Technology Department of Geography Occasional Paper 11.

Philo C. 1992 The Child in the City *Journal of Rural Studies* 8:2, 193-207.

Philo C. 1995 Animals, Geography, and the City: Notes on Inclusions and Exclusions *Environment and Planning D: Society and Space* 13:6, 655-681.

Pratt G. 1999 Geographies of Identity and Difference: Marking Boundaries in Massey, D., Allen, J. and Sarre, P. eds. *Human Geography Today* Polity, Cambridge 151-168.

Pred A. R. 1984 Place as Historically Contingent Process: Structuration and the Time-Geography of Becoming Places *Annals of the Association of American Geographers* 74:2, 279-297.

Raban J. 1999 *Passage to Juneau: A Sea and Its Meanings* Pantheon Books, New York.

Reid L. and Smith N. 1993 John Wayne Meets Donald Trump: The Lower East Side as Wild Wild West in Kearns, G. and Philo, C. eds. *Selling Places: The City as Cultural Capital, Past and Present* Pergamon, Oxford 193-209.

Relph E. 1976 *Place and Placelessness* Pion, London.

Rose G. 1993 *Feminism and Geography: The Limits of Geographical Knowledge* Polity, Cambridge.

Sack R. 1992 *Place, Consumption and Modernity* Johns Hopkins University Press, Baltimore.

Sack R. 1997 *Homo Geographicus* Johns Hopkins University Press, Baltimore.

Sassen S. 1999 *Guests and Aliens* New Press, New York.

Sauer C. O. and Leighly J 1963 *Land and Life; a Selection from the Writings of Carl Ortwin Sauer* University of California Press, Berkeley.

Seamon D. 1979 *A Geography of the Lifeworld: Movement, Rest, and Encounter* St. Martin's Press, New York.

Seamon D. 1980 Body-Subject, Time-Space Routines, and Place-Ballets in Buttimer, A. and Seamon, D. eds. *The Human Experience of Space and Place* Croom Helm, London 148-65.

Sibley D. 1981 *Outsiders in Urban Societies* St. Martin's Press, New York.

Smith N. 1991 *Uneven Development: Nature, Capital, and the Production of Space* B. Blackwell, Oxford.

Smith N. 1996 *The New Urban Frontier: Gentrification and the Revanchist City* Routledge, London.

Soja E. W. 1989 *Postmodern Geographies: The Reassertion of Space in Critical Social Theory* Verso, London.

Soja E. 1999 Thirdspace: Expanding the Scope of the Geographical Imagination in Massey, D., Allen, J. and Sarre, P. eds. *Human Geography Today* Polity, Cambridge 260-278.

Taylor P. J. 1999 *Modernities: A Geohistorical Interpretation* Polity Press, Cambridge.

Thrift N. 1983 On the Determination of Social Action in Time and Space *Environment and Planning D: Society and Space* 1:1, 23-57.

Thrift N. 1994 Inhuman Geographies: Landscapes of Speed, Light and Power in Cloke, P. Ed *Writing the Rural: Five Cultural Geographies* Paul Chapman, London 191-250.

Thrift N. J. 1996 *Spatial Formations* Sage, London, Thousand Oaks, CA.

Thrift N. 1997 The Still Point: Resistance, Expressiveness Embodiment and Dance in Pile, S. and Keith, M. eds. *Geographies of Resistance* Routledge, London 124-151.

Till K. 1993 Neotraditional Towns and Urban Villages: The Cultural Production of a Geography of 'Otherness' *Environment and Planning D: Society and Space* 11:6, 709-732.

Till K. 1999 Staging the Past: Landscape Designs, Cultural Identity, and Erinnerungspolitik at Berlin's Neue Wache, *Ecumene* 6:3, 251-283.

Tuan Yi-Fu 1974a Space and Place: Humanistic Perspective *Progress in Human Geography* 6, 211-252.

Tuan Yi-Fu 1974b *Topophilia: A Study of Environmental Perception, Attitudes, and Values* Prentice-Hall, Englewood Cliffs, NJ.

Tuan Yi-Fu 1977 *Space and Place: The Perspective of Experience* University of Minnesota Press, Minneapolis.

Tuan Yi-Fu 1991a Language and the Making of Place: A Narrative-Descriptive Approach *Annals of the Association of American Geographers* 81:4, 684-696.

Tuan Yi-Fu 1991b A View of Geography *Geographical Review* 81:1, 99-107.

Tuitt P. 1996 *False Images: Law's Construction of the Refugee* Pluto Press, London.

Valentine G. 1993 (Hetero)Sexing Space: Lesbian Perspectives and Experiences of Everyday Spaces. *Environment and Planning D: Society and Space* 11:4, 395-413.

Valentine G. 1997 Angels and Devils: Moral Landscapes of Childhood *Environment and Planning D: Society and Space* 14:5, 581-599.

Veness A. 1992 Home and Homelessness in the United States; Changing Ideals and Realities *Environment and Planning D: Society and Space* 10:4, 445-468.

Wagner P. L and Mikesell M. W. eds. 1962 *Readings in Cultural Geography* University of Chicago Press, Chicago.

White A. 2002 Geographies of Asylum, Legal Knowledge And Legal Practices *Political Geography* 21:8, 1055-1073.

Williams R. 1960 *Border Country* Chatto and Windus, London.

Williams R. 1985 *Keywords: A Vocabulary of Culture and Society* Oxford University Press, New York.

Young C. 1997 Political Representation of Geography and Place in the United Kingdom Asylum and Immigration Bill (1995) *Urban Geography* 18:1, 62-73.

Young I. M. 1997b *Intersecting Voices: Dilemmas of Gender, Political Philosophy, and Policy* Princeton University Press, Princeton, NJ.

索引

條目後的頁碼係原著頁碼，
檢索時請查正文頁邊的數碼。

臺灣社會學叢書

◎ **米糖相剋：日本殖民主義下台灣的發展與從屬**
中研院社會學研究所 / 柯志明教授 著
ISBN 957-30710-7-X
定價：300 元

◎ **積體網路：台灣高科技產業的社會學分析**
台灣大學社會學系 / 陳東升教授 著
ISBN 957-30710-6-1
定價：320 元

STS 經典譯叢

◎ **科技渴望社會**
台灣大學社會學系 / 吳嘉苓教授 / 清華大學
歷史所科技史組 / 傅大為、雷祥麟教授 主編
ISBN 957-28990-3-1
定價：350元

◎ **科技渴望性別**
台灣大學社會學系 / 吳嘉苓教授 / 清華大學
歷史所科技史組 / 傅大為、雷祥麟教授 主編
ISBN 957-28990-4-X
定價：300元

Socio Publishing
群學出版有限公司出版目錄

◎ 台灣的知識經濟－困境與迷思
清華大學電機系 / 曾孝明教授 著
ISBN 957-30710-1-0
定價：300元

◎ 當代臺灣社會的族群想像
中研院社會學研究所 / 王甫昌教授 著
ISBN 957-28990-1-5
定價：250元

◎ 觀念巴貝塔—當代社會學的迷思
台灣大學社會學系 / 葉啓政教授 著
ISBN 957-28990-6-6
定價：300元

◎ 現代人的天命—科技、消費與文化的搓揉摩盪
台灣大學社會學系 / 葉啓政教授 著
ISBN 957-28990-7-4
定價：320元

◎ 亞細亞的新身體—性別、醫療與近代臺灣
清華大學歷史所科技史組 / 傅大為教授 著
ISBN 957-28990-8-2
定價：500元

Socio Publishing
群學出版有限公司出版目錄

◎ 傅柯說真話 / Fearless Speech
Michel Foucault 著 / 鄭義愷 譯
清華大學社會學研究所 / 姚人多教授 導讀
ISBN 957-28990-5-8
定價：250 元

◎ 想像比知識重要－科教見思
交通大學應用化學系講座教授 / 何子樂教授 著
ISBN 957-30710-9-6
定價：320 元

◎ 見樹又見林－社會學作為一種生活、實踐與承諾
The Forest and the Trees：Sociology as Life,
Practice and Promise
Allan G. Johnson 著 / 高雄醫學大學性別研究所 /
成令方教授 / 台灣大學新聞研究所 / 林鶴玲教授 /
台灣大學社會學系 / 吳嘉苓教授 合譯
ISBN 957-28990-0-7　定價：250 元

◎ 社會學動動腦 / Thinking Sociologically
Zygmunt Bauman 著 / 朱道凱 譯
台灣大學社會學系 / 孫中興教授 審校
ISBN 957-30710-4-5
定價：250 元

◎ 全球化－對人類的深遠影響
Globalization：The Human Consequence
Zygmunt Bauman 著 / 張君玫 譯
ISBN 957-30710-0-2
定價：200 元

Socio Publishing
群學出版有限公司出版目錄

◎ **全球化迷思** / Globalization in Question, 2nd Ed
Paul Hirst and Grahame Thompson 著 / 朱道凱 譯
清華大學經濟系 / 劉瑞華教授 校訂
南方朔 序兼導讀
ISBN 957-30710-3-7　定價：450 元

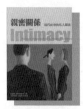

◎ **親密關係：現代社會的私人關係** / Intimacy：
Personal Relationships in Modern Societies / Lynn
Jamieson 著 / 台北大學社會學系 / 蔡明璋教授 譯
ISBN 957-30710-5-3
定價：250 元

◎ **母職的再生產：心理分析與性別社會學**
The Reproduction of Mothering：Psychoanalysis
and the Sociology of Gender
Nancy J. Chodorow 著 / 張君玫 譯
ISBN 957-30710-8-8
定價：360 元

◎ **現代地理思想**
Modern Geographical Thought
Richard Peet 著 / 王志弘 譯
ISBN 957-28990-9-0
定價：600 元（精裝）

◎ **半世紀舊書回味：從牯嶺街到光華商場**
李志銘 著 / 畢恆達、孫中興、辜振豐 推薦序
ISBN 986-81076-0-1
定價：360元
（本書榮獲2005年《開卷》十大好書獎）

◎ 製 造 甘 願 ： 壟 斷 資 本 主 義 勞 動 過 程 的 歷 史 變 遷
Manufacturing Consent: Changes in the Labor Process under
Monopoly Capitalism / Michael Burawoy 著 / 林宗弘、張烽
益、鄭力軒、沈倖如、王鼎傑、周文仁、魏希聖 譯
ISBN 986-81076-1-x
定價：450 元

◎ 後 工 業 機 會 ： 一 個 批 判 性 的 經 濟 社 會 學 論 述
Postindustrial Possibilities: A Critique of Economic
Discourse / Fred Block 著 / 林志成、林宗弘 等譯 / 清華
大學社會所 / 鄭陸霖、吳泉源教授 校譯
ISBN 957-28990-2-3
定價：400 元

◎社會工作概論 / The Blackwell Companion to Social Work
(2nd edition) / Martin Davies 主編 / 朱道凱、蘇采禾譯 / 台
灣大學社會工作學系 余漢儀教授 推薦序
ISBN 986-81076-2-8
定價：720 元（精裝）

◎禿鷹的晚餐：金融併購的社會後果 / 夏傳位 著 / 銀行員
工會全國聯合會 出版 / 群學出版有限公司 總經銷
ISBN 957-29020-1-6
定價：300 元

◎台灣社會學 / 中央研究院社會學研究所與台灣大學社會學
系 合辦 / 群學出版有限公司 總經銷
ISSN 1680-2969
定價：250 元

Socio Publishing
群學出版有限公司 新書預告

新書預告！

《視覺研究導論》
　　Visual Methodologies：An Introduction to the Interpreation of Visual Materials
　　Gillian Rose 著／王國強 譯

《後殖民理性批判：邁向消逝當下的歷史》
　　A Critique of Postcolonial Reason: Toward A History of the Vanishing Present
　　Gayatri Chakravorty Spivak 著／張君玫 譯

《人類學的視野》
　　黃應貴 著（中央研究院民族學研究所教授）

《以身為度‧如是我做：田野工作的教與學》
　　謝國雄 編著（中央研究院社會學研究所教授）

《性別、認同與地方：女性主義地理學》
　　Gender, Identity & Place: Understanding Feminist Geographies
　　Linda McDowell 著／徐苔玲、王志弘 譯

《巴黎：現代性之都》
　　Pairs: Capital of Modernity
　　David Harvey 著／黃煜文 譯

哪裡可以買到群學的書？

博客來網路書店 http://www.books.com/
三民網路書店 http://www.sanmin.com.tw/
誠品網路書店 http://www.eslitebooks.com/

台北市

唐山書店	02-23673012
三民書局（重南店）	02-23617511
三民書局（復北店）	02-25006600
政大書城（師大店）	02-23640066
政大書城（政大店）	02-29392744
台大法學院圖書部	02-23949278
桂林圖書	02-23116451
女書店	02-23638244
桂冠圖書	02-23631407
天母書廬	02-28744755
誠品書店（敦南店）	02-27755977
誠品書店（台大店）	02-23626132
誠品書店（京華城店）	02-37621020
fnac（環亞店）（及其他分店）	02-87120331

台北縣

四分溪書坊（中研院內）	02-27839605
文興書坊（輔仁大學旁）	02-29038317
誠品書店（板橋店）	02-29598899

基隆市

誠品書店（基隆店）	02-24211589

宜蘭縣

誠品書店（宜蘭店）	03-9362770
御書坊書局	03-9332880
大雅書局	03-9353008

新竹市

水木圖書（清華大學內）	03-5746800
誠品書店（新竹店）	03-5278907

桃園縣

誠品書店（統領店）（中壢店）（國際大江店）

台中市

誠品書店（中友店）（博科店）（三越店）

闊葉林書店	04-22854725
興大書齋	04-22870401
敦煌書局（東海店）	04-2358-1313

台中縣

東海書苑（東海大學旁）	04-26316287

南投縣

國立暨南國際大學圖書文具部 04-92913386

嘉義縣

誠品書店（衣蝶店）	05-2160050
中正大學圖文部	05-2721073

台南市

誠品書店（台南店）	06-2083977
誠品書店（站前店）	06-2113533
金寶書局	06-2912186
成大圖書部	06-2376362
台南師範學院圖文部	06-2144383
崑山科技大學圖文部	06-2721352
歐納書坊	06-2754535

台南縣

國立長榮管理學院圖書文具部 06-2785520

高雄市

誠品書店（漢神店）（遠百店）（SOGO店）

大統書店	07-2220800
中山大學圖文部	07-5250930
高雄師範大學圖文部	07-7519450
樹德文化休閒廣場	07-6154792
正修文化廣場	07-7330428
實踐大學高雄校區消費廣場書局	
	07-6679997
高師大燕巢校區生活廣場	07-6051133
麗書坊文藻校園圖書局	07-3598423
黃埔書城	07-7190353

屏東縣

誠品書店（屏東店）	08-7651699
復文書局屏東師院圖書文具部	08-7230041

花蓮縣市

東華大學書坊	03-8661668
花大書坊	03-8237459